春潮

[俄] 屠格涅夫　著
陈殿兴　译

人民文学出版社

И. С. ТУРГЕНЕВ
ВЕШНИЕ ВОДЫ
据 И. С. ТУРГЕНЕВ，СОБРАНИЕ СОЧИНЕНИЙ В 12 ТОМАХ
（ГОСЛИТИЗДАТ，МОСКВА，1954）译出。

图书在版编目（CIP）数据

春潮/（俄罗斯）屠格涅夫著；陈殿兴译. —北京：人民文学出版社，2018
（屠格涅夫自传体小说）
ISBN 978-7-02-014709-0

Ⅰ. ①春… Ⅱ. ①屠…②陈… Ⅲ. ①中篇小说—俄罗斯—近代
Ⅳ. ①I512.45

中国版本图书馆 CIP 数据核字（2018）第 264737 号

责任编辑 柏 英
装帧设计 黄云香
责任印制 王重艺

出版发行 人民文学出版社
社　　址 北京市朝内大街 166 号
邮政编码 100705
网　　址 http://www.rw-cn.com

印　　刷 三河市西华印务有限公司
经　　销 全国新华书店等

字　　数 139 千字
开　　本 850 毫米×1092 毫米 1/32
印　　张 11.25 插页 1
印　　数 1—5000
版　　次 2019 年 1 月北京第 1 版
印　　次 2019 年 1 月第 1 次印刷

书　　号 978-7-02-014709-0
定　　价 49.00 元

目 次

屠格涅夫全新的爱情审美言说

《阿霞》《初恋》《春潮》是屠格涅夫自传性的“青春记忆小说”。人民文学出版社以作家刻骨铭心的爱情之作来纪念这位俄罗斯文豪诞辰两百周年，有着特别的意义和价值。

这个系列聚焦了屠格涅夫从十九世纪五十年代后半期至七十年代这一俄罗斯历史上重要的时期和作家一个特殊的人生阶段。这是俄罗斯历史上一个风云激变的时代，也是作家由“不惑”迈进“知天命”的生命时段。此期间，屠格涅夫完成了他的全部六部长篇小说——《罗亭》（1855）、《贵族之家》（1858）、《前夜》（1860）、《父与子》（1862）、《烟》（1867）、《处女地》（1877），充分显现了作为一个“俄罗斯社会思想编年史家”的思想品格和艺术风范。与此同时，他也写下了中篇小说《阿霞》（1858）、《初恋》（1860）和《春潮》（1872）——爱情中的“实然”存在，它们与长篇小说并置，呈现了另一个屠格涅夫。

较之于外在世界的翻天覆地和被历史洪流裹挟的思想与艺术思考，屠格涅夫生命的记忆之声似乎显得微弱，常常会被淹没或悬置。然而，随着岁月的流逝、时代的变更，这一被记忆激活的青春爱情却愈益显示出其独有的风采和魅力。“没有，也不可能有无缘无故产生的创作。心灵总会被某种东西所惑。这可能是一个思想或是一种情绪，对别样的世界的向往或是对灿烂美好的世俗生活的爱，总有一种东西会点燃心灵，创作是一种真正的燃烧，如若它自己不能燃烧，那么就不可能燃烧别人。”[①]“记忆之所以具有治疗作用，是因为它具有真理价值。而它之所以有真理价值，又是因为它有一种保持希望和潜能的特殊功能”[②]，苏联批评家波隆斯基和美籍哲学家马尔库塞的这两段话，可以看作对作家爱情记忆小说的精神指认。

屠格涅夫在十九世纪俄罗斯文学史上第一次将爱情当作独立的审美对象，剥去了长期以来被人为赋予的社会政治意蕴，作品所呈现的爱情与时代、种族、阶级无关，它对过去、

① Вячеслав Полонский « О литературе », Советский писатель , 1988, С. 30.
② [美]赫伯特·马尔库塞，《爱欲与文明》，黄勇、薛民译，上海译文出版社，2014年版，第10页。

现在、未来永远是敞开的，是人类两性的“共情”状态。作家以线性的叙事框架，优雅的叙述姿态，白描式的从容笔墨，以肉与灵、心理与哲学的多重面向，呈现了一种全新的爱情审美言说。

屠格涅夫开启了爱情书写的“感性和身体之旅”，他从日常生活进入爱情叙事，强调人物的日常身份和发生在日常生活中的爱情。三部小说的叙事主人公其实都是青年时代的屠格涅夫的假托，他们分别是旅居德国的二十五岁俄罗斯青年H.H.先生（《阿霞》），在莫斯科“无愁园”别墅与父母一起居住的十六岁少年弗拉基米尔·彼得罗维奇（《初恋》），从意大利回国途中在法兰克福作短暂逗留的二十一岁的萨宁（《春潮》）。同样，小说中女主人公也有明确的日常身份：十七岁的俄罗斯姑娘阿霞，是与同父异母的兄长一起来德国莱茵河畔旅行的；被沃洛佳一见钟情的二十一岁的公爵小姐齐娜伊达，是他莫斯科的家“无愁园”别墅的邻居；萨宁爱上的十九岁德国女孩儿杰玛，是法兰克福“罗塞利意大利糖果店”老板娘的女儿。男女主人公的偶然相遇、一见钟情、交往生情，甚至随后波诡云谲的情感变化，都是在日常生活领域中展开的。屠格涅夫尽阅世事万象和情感繁芜之后记录下的日常生活中的爱情往事，无关乎社会、善恶，只关乎感情、美丑。

小说中，身体性且与之相关的情感、欲望、意志等非理性因素在一场场恋情的发展或逆变中起了关键作用。H.H. 先生对爱情的把握是瞬间的，感觉的。尚未发育完全的阿霞吸引他的是她“略带褐色的圆脸上有着美丽的细小的鼻子”，“一头黑发剪得短短的，像男孩子那样梳着，浓浓的鬈发披在颈项上和耳边”。令他激动不安的是她那“娇柔的身子的接触”，“急促的呼吸”，他“觉得有一股微火像许多烧红的针似的跑遍”他的全身。作者告诉读者，没有了青春血肉也就没有了爱情中美的附着。随着与兄妹俩接触的增多，男主人公对阿霞美的认知才有了性格和精神内涵：她的“奇怪的微笑”以及像个“多变的蜥蜴”一样的性情：从朴实、温顺的女仆形象到努力扮演文雅、有教养的小姐角色，从任性古怪的精灵到温顺沉静的“窦绿苔[1]”。然而，感性的身体叙事一直贯穿始终，直到小说的语言层面。与第一人称叙事相适应，主人公的叙事话语始终透出非理性的迷狂。“突然在我的心里我感觉到有一种隐隐约约的骚动……我抬起头来望天空，——可是在天上也找不到安静：

① 歌德长篇叙事诗《赫尔曼与窦绿苔》中的女主人公。

天空密布着星星，它还是在摇晃，它还是在旋转，它还是在颤动；我低头看河水……在那里也是一样，在它那又暗又冷的深处，星星也在摇晃，也在颤动。”与男青年 H.H. 先生一样，阿霞也始终默默地沉浸在爱的感觉和遐想中，未得到爱的承诺的她竟“发着高烧，满脸泪痕……牙齿格格地打颤”，她请求兄长“尽快地带着她离开这里”，如果兄长“愿意她活下去”，甚至连兄长加京也不理解妹妹的这种表现，他对 H.H. 先生说，“您我都是有理性的人，我们不能够想象，她的感受是怎样深沉，这种感情挟着叫人不能相信的力量在她身上表现出来……我实在不能够了解，为什么她会爱您爱到这种地步。”①爱情被从理性中解放，真正的回归感性是从身体的表现这一角度来实现的。在这场猜谜式的爱恋中，H.H. 先生一直在感性和理性间徘徊，爱情使他快乐、甜蜜、幸福、疯狂，也使他苦恼、无措。“跟一个十七岁的她那种性格的少女结婚，那怎么可能呢？”这是 H.H. 先生对于未来生活实利无益的少女古怪性格的担忧、烦恼和焦虑。两性情感中一旦有冷静的功利意识出现，当事人心中便会有“隐秘的恐惧”萌生，那一个“爱”字便难以说出

① 《屠格涅夫文集（5：中短篇小说）》，人民文学出版社，2001 年版，第 79 页。

口了。短暂恋情的收场正是身体感性的溃退和生命理性的胜利。阿霞离去，H.H.先生这才有了含泪的“悔恨”：是理性的“魔鬼阻止我吐出已经到了我的嘴唇上的自白”。直至几十年过去之后，他才终于朦胧地意识到，情感、身体、审美在遭到理性压抑后爱情的失语和异化。

年仅十六岁的贵族少年沃洛佳朦胧的意识中已经有了“一种新鲜的、说不出的甜蜜的女性形象”，“一种半意识的、羞涩的预感偷偷地在那儿隐藏着了”。[①]我们从孩子式的天真里能读出原始而又蓬勃的潜意识中的异性向往、爱欲萌动。而真正令他产生从未有过的心跳、兴奋、激动的是“她那优美的体态，颈项，美丽的手，白头帕下面微微蓬松的淡黄色鬈发，半闭的敏慧的眼睛，这样的睫毛，和睫毛下面的娇柔的脸颊”。他会“越来越大胆”地端详她，神魂颠倒的他，把“‘尤利乌斯·恺撒以作战勇敢而著名’的这一句，接连读了十遍——却并不知道是什么意思”。少年喜欢“摸彩”游戏，因为在一幅丝巾的遮盖下，能感觉到“她的眼睛亲切地、温柔地发着光，她张开的嘴唇吐出热气，她的牙齿露出来，她的发梢轻轻挨着我，使我

① 《屠格涅夫文集（5：中短篇小说）》，人民文学出版社，2001年版，第99页。

发痒，使我发烧”。为了证实对齐娜伊达的爱，沃洛佳不顾生死，敢于纵身凌空从高高的围墙上跳下，尽管失去了知觉，却在姑娘温柔的怀抱和柔软的唇吻中体验到“至上的幸福感”，“甜蜜的痛苦渗透我的全身，最后它爆发为大欢大乐的狂跳和狂叫”。少年朦胧的初恋中全然没有生命理性的羁绊，为了赢得她的欢喜他投入了全部的智慧与血肉，全然不顾她年长他五岁，还偷偷地恋着他的父亲。小说中齐娜伊达的美丽是通过少年沃洛佳“我”的感觉“折射”出来的，她的光芒是随着“我”的感觉的深入、情感的起伏一点点放大、灿亮的。

萨宁在法兰克福“罗塞利意大利糖果店”偶遇德国姑娘杰玛，救醒了她晕厥的弟弟，后来还与在餐厅调笑杰玛的醉酒军官进行决斗，挽回了姑娘的尊严与声誉，从而赢得了杰玛一家人的喜爱。其实，萨宁与杰玛的相恋并非是“英雄救美”传统模式的重现。杰玛并不具备让男人销魂的美丽，“她的鼻子略嫌大些，可是鹰钩形的轮廓却极为秀美，上唇有些淡淡的茸毛”。爱情的审美永远是美感决定着美，而不是美才引起美感的，“情人眼里出西施”的美感才是萨宁超越理性的认知所形成的生理和心理基础。令他怦然心动的是这个“十八九岁的少女，袒露的双肩上披散着黑色鬈发，赤裸的双臂向前伸着”，还有“明亮的灰色大眼睛”。萨宁并不在意杰玛悦耳的歌喉，欣赏的是她本人，越来越深地走进萨宁心中的不是她的“心灵”或“精神”，而是一次又一次出现在他眼前的“俊美脸蛋儿”，“亭亭玉立的身材”，“优雅之中含着力量”的手势，“又黑又深”“闪着亮光”的双眼，“夹着短短的极逗人的尖叫”的笑声。于是，“他什么也不考虑，什么也不盘算，毫不瞻前顾后了；他摆脱了过去的一切，一往直前：他从自己孤单的独身生活的忧郁的岸边一头扎进那欢快的浪花翻滚的强大激流里——他什么都不在乎，他不想知道这激流会把他带到什么地方去，也不怕这激流是否会使他撞到岩石上粉身碎骨！”他全然不顾杰玛是个准新娘，已有了一个仪表堂堂、优雅迷人且生意成功的未婚夫克吕贝尔。爱欲的本能、力比多的灌注与投射，可以制造爱情。发生在一八四〇年夏天的爱情故事，何以用“春潮”命名？那正是作者在说萨宁的情欲恰如春汛狂潮，这一非理性的自发力量迅猛、剧烈，不可遏止。同样，后来让萨宁魂不守舍，陷入一种人格分裂、狂乱幻觉状态中的是一个“身穿灰绿色透亮印花轻纱连衣裙，头戴白色透花纱帽……脸色娇艳红润，像夏天的清晨”一样的陌生女人。正是这个名叫玛丽亚·尼古拉耶夫娜的巧舌如簧的妖冶女人——情欲世界的征服者，利用了萨宁“喜爱一切美的东西”的本能冲动，摧毁了一桩美丽的爱情。

“才子佳人”多是中外作家和读者的爱情想象，在这一结构中女性多半无缘置喙，但屠格涅夫彻底打破了这一传统结构。展现女性生命意识的觉醒并成为爱情行为的主体，是屠格涅夫爱情言说的另一个重要特点。由阿霞、齐娜伊达、杰玛组成的女性世界，是高度自由、独立的。她们在爱情中仅仅听凭心灵的驱使，毫无畏惧，没有怨恨，顺受其命，有勇气独自去拥抱不幸与苦难。在爱情中她们不需要庇护者，她们行为的基点是爱，而不是“有所依凭”。给读者的阅读印象是，与青年男性的接触反而增加了她们原有的陌生感和孤独感。在她们看来，只有为了爱的爱，才有爱的纯真，才有真正的爱情。诚然，女主人公在爱情中的主体性表现形态各不相同：阿霞的爱剧烈而又深沉，“像一场大雷雨似的来得出人意外”；齐娜伊达的爱高度自我，十分执着、义无反顾；杰玛的爱始终是宁静的。但她们性格中都有非常决绝的一面，阿霞默默地爱上 H.H. 先生后克制着内心的波澜，变得更加孤独自守，行为怪异，最终宁可逃离爱情，也不愿在自我激情的燃烧中毁灭。齐娜伊达不看重财富、地位，也不在乎年龄，围绕在她身旁的伯爵、绅士、军官、诗人个个年轻、漂亮、富有，然而她将他们玩弄于股掌之中，却偏偏爱上了“不穿华丽的衣服，不戴贵重的宝石，谁也不认识”的已逾不惑之年的男人，一种强烈的被支配欲直接激发了她的爱欲本能。少年沃洛佳“我”只能做出“这就是爱情，这就是激情，这就是情之所钟”的结论。小说中女性在男性文化塑造下的驯服性情与恩爱和谐的美景都已经失去。“阿霞们”不再像“娜塔莉雅·拉松斯卡雅们[①]”一样，成为检验男性、拯救男性的“女杰”“精神恋”，女性成为男性精神成长因素和精神理想守望者的文学“圣母”被屠格涅夫彻底放逐了。

屠格涅夫踽踽独行的生命成长及其所经历的精神与肉体磨难，促使他对爱情的审视始终立足于个体生命的感受中。他强调身体与爱欲的合法性，没有概念化地，甚至没有从道德层面认识爱欲命题。他用仁慈、宽容的眼光关注生命中的悲欢离合，探究人在爱情中的心理与精神变异，将爱情还原为与自然生命相交相依的鲜活而又脆弱的存在。小说中所有的爱情都是无果的，这既是屠格涅夫生命真实的反映，也是作家探究爱情真谛、构建更具心理、精神、哲学空间的爱情

① 屠格涅夫长篇小说《罗亭》中的女主人公。

言说的艺术意图所在。

爱欲是爱情的原动力，是骚动于生命深处，不以人的理性和意志为转移的自发力量，是奇特而又充满悖论的矛盾体。它既是崇高的，让人们以本能的性爱欢娱驱散人生的阴冷和无常，引导人们空灵忘我去创造人生的美丽与幸福；它也是消极的，会剥夺人们生命存在所不可或缺的自由，产生盲目的依附和奴性，让人沉沦、堕落。小说家始终在展现爱情独特的精神光芒，也不断重复着情欲对人的奴役，人在情欲面前的无力迷茫。

小说对阿霞遭遇爱情后“怕”的心理作了精细的描摹。“怕”的叙事是隐藏在“爱”的叙事中的，阿霞的爱情心理可以归结为恐惧与迷恋的两重情感原型，外显为阿霞的焦虑。她一怕其私生女的出身被 H.H. 先生识破，二怕母亲女佣的身份被他知晓，她担心贵族青年嫌弃她的卑微、浅薄、无趣。隐秘的精神负担加剧了她想在恋人面前表现自己的欲望，于是她打扮、多虑、好奇，时而忧愁、流泪，时而幸福、欢笑，迷恋而不知所终的心理加剧了她的担忧和恐惧。患得患失的青年 H.H. 先生即便十分欣赏和爱慕阿霞，也未能从狭隘的精神世界中展开一个恣纵开阖而又宁静愉悦的情感空间，只能眼睁睁地看着心爱的人离去。公爵小姐齐娜伊达是在半秘密状态中与少年的父亲幽会的，沃洛佳浑然不知，直到有一天十分惊诧地目睹了这个有着极强支配欲的姑娘遭到父亲鞭打惩戒的景象。遭遇爱情后的虐待与被虐看似矛盾对立，却是爱情潜意识中人格分裂的表征，是作家对源于人性复杂性的爱情复杂性的思考。萨宁在为筹办与杰玛的婚事变卖庄园的行程中，鬼使神差地被女商人玛丽亚诱惑而不知回返，陷入不能自拔的欲望牢笼中，堕落成她手中一个精神委顿、唯唯诺诺的性奴才。这是萨宁对杰玛爱情的不坚？或是他一时的执念之误？都不是，这不是作家对人性本能欲求或是道德面貌的臧否，而是关于情欲奴役人性的展示。“痛苦而无济于事的悔恨以及同样无济于事而痛苦的忘却——这些惩罚是不明显的，然而却是每时每刻都在进行的，像无关紧要然而却无法治愈的病痛，像一分钱一分钱地偿还一笔无法计算的债……”老之将至的萨宁尽管饱经沧桑、经验无数、充满了自省自责，却仍然无法找到答案：他怎么会抛弃那么温柔热烈地爱着的杰玛，而去追随一个他根本不爱的女人？

在屠格涅夫看来，爱情不存在浪漫主义和批判现实主义文学经典所崇尚的理想境界，理想爱情只是男女两性的一种向往，一种无法最终实现同时又无法放弃的生命追求。难以呈现理想爱情的小说家选择了回避与退却——走向了对爱情的唯美处理。回归爱情——在这样一种价值困境与审美选择中，屠格涅夫饱含激情地书写了后爱情生命激情的绽放。

作品里所有的爱情故事都以悲剧结束，但悲剧并没有成为这些小说的最终结尾。叙事主人公是伴随着爱情的波折成长的，小说中后悲剧的爱情叙事演变成了作者充满激情的抒情自白，情意失落后的精神升华，对爱情绝对价值的真挚咏赞。

阿霞离开德累斯顿后随同兄长去了伦敦，H.H. 先生始终没有放弃追寻，直到她生死不明、永远消失。有了与阿霞未果的情感经历，H.H. 先生才懂得了一条伟大的生命哲理：“幸福没有明天——它甚至也没有昨天；它既不记忆过去，也不去想将来，它只有现在——而且这并不是一天——只是短短的一刻”。叙事人没有沉浸在曾经失落的爱情的怨恨中，他说：“阿霞始终是我一生中最好的时期里所认识的那个少女……我认识了别的一些女人，——但是在我的心里被阿霞所唤起的那种感情，那种热烈的，温柔的，深沉的感情，我再也不能感到了。……我命中注定做没有家室的流浪者，在孤独的生活里度着沉闷的岁月，然而我像保存神圣的纪念品似的保存着她那些短简，那枝枯了的天竺花……一枝无足轻重的小草的淡淡的气息却比一个人所有的欢乐，所有的哀愁存在得更长久——甚至比人本身还要存在得更长久呢。”对他来说，爱情是一个美丽、生命和创造的概念，它所释放的生殖力与创造力是超越历史的。

《初恋》中少年沃洛佳的父亲早早地去世，齐娜伊达在成了多莉斯基夫人后不久也难产而死。在对无忧无虑的青春的回忆中，叙事人越来越隐含着一种讽刺和苦涩，随后又被另一种回忆——临近死亡的恐惧所终止。然而，他仍然把那场初恋当作生命中最有价值，绝无仅有的美妙情感。“当黄昏的阴影已经开始笼罩到我的生命上来了的时候，我还剩下什么比一瞬间消逝的春朝雷雨的回忆更新鲜，更可宝贵的呢？”昔日遐想的爱情成了他今日生命的希望和温暖。更何况，有了对齐娜伊达单相思的初恋，少年沃洛佳才有了对生命更真切的理解和感悟：“啊，青春，青春，你什么都不在乎，你仿佛拥有宇宙间一切的宝藏……也许你的魅力的整个秘密，并不在于你能够做任何事情，而在于你能够想你做得到任何事情——正在于你浪费尽了你自己不知道怎样用到别处去的力量。”

杰玛与萨宁也没能成为夫妻。三十年后，在一个隆冬季节，白发苍苍而又孤苦无依的萨宁离开了彼得堡，出国寻找德国姑娘杰玛的踪迹。这时杰玛已远走纽约，萨宁在给她的信中讲述了至今没有家室、没有乐趣的孤苦无依的生活，恳请得到她的原谅和宽恕，因为他不想把内疚带进坟墓。以杰玛署名的斯洛克姆太太不仅表示了理解、宽容，还表示了感谢，因为他的出现才阻止了她成为奸商克吕贝尔妻子的厄运，才有了如今幸福的生活。萨宁将珍藏着的爱情信物——一个放在八角盒里的小小的石榴石十字架，镶在一个华贵的珍珠项链里，作为礼物送给了杰玛待嫁的女儿。在仍保留着爱的两人的心灵中，所有最卑微的背叛、最无耻的忘却、最出人预料的转变，尽管曾生成嫉恨的浓烟或僵冻的冰雪，但最终擦出了智慧之光，磨出了暖人的温热。因为有过对杰玛的忘却、背叛，萨宁才有了深深的人生自省、对爱情新的认知、对生命的万般珍惜。

屠格涅夫独特的爱情审美言说是他对青春记忆的创造性再造，他将爱情往事变成了爱情审美的源泉，将一桩桩未果的爱情变成了叙事人心灵中永恒而又神圣的精神财富，赋予了爱情命题神话诗学的品位。只此一念，他的小说也成了永恒。屠格涅夫的爱情书写，是在传统与现代两个不同文化维度的参照中展开的。他的价值立场不是单面的，而是多维的和立体的，充满矛盾和辩证的。甚至小说中的含混和暧昧都是其丰富性的必要因素，正是这种复杂多向的价值向度，生成了其原始而又蓬勃、丰富而感性的美学价值。可以说，屠格涅夫的爱情小说在一定意义上切中了现代人爱情的“启蒙”命脉，男人女人都遇见过爱情，但是对爱情本质的认知恐怕还远远不是如此深刻的、高尚的，在这个意义上屠格涅夫的“爱情启蒙”并没有失效。

张建华

二〇一八年九月

引子

快活的岁月，

幸福的时光，

匆匆逝去了，

像春潮一样！

——录自古老的情歌

……深夜一点多钟，他回到了自己的书房。他把进来点完蜡烛的仆人支了出去，一下子坐到壁炉旁边的圈椅上，用双手捂住了脸。

他从来没有感到身心这么疲倦过。整个晚上，他都是跟一些令人愉快的太太和有教养的绅士一起度过的。有几位太太是漂亮的，几乎所有的绅士都才智出众——他自己的谈吐也极为成功，甚至可以说是语惊四座……然而罗马人早就谈论过的“taedium vitae”，那种“对生活的厌倦”，却从来也没有像现在这么不可抗拒地攫住他，使他感到窒息。假如再年轻一些的话，他会由于寂寞、无聊和气恼而大哭一场的：一种火辣辣的呛人的苦味，像艾蒿的味道，充满了他的心房。沉重难耐的气氛，宛如秋天的黑夜从四面八方讨厌地包围着他，他不知道如何摆脱这种黑暗，这种苦味。睡眠是无法指靠的：他知道他睡不着。

他开始思索起来……慢腾腾、懒洋洋、恶狠狠地。

他在想着人们的碌碌无为和庸俗虚伪。人生的各个阶段依次在他眼前映过（他自己不久前刚满五十一岁）——没有一个阶段得到他的宽宥。人们到处都是一样地始终不断地瞎忙，都是徒劳无益，都是半无心半有意的自我安慰，——只要孩子不哭，怎么哄都可以。这时，突然，老境降临了。与老境同来的是不断增长的、经常侵蚀人、折磨人的对死的恐惧……于是人就一下子掉进了深渊！假如一生能这么结束，那倒也好！可是在生命结束之前，大概还会像铁生锈一样，遭受疾病、痛苦……生活的海洋在他的想像中跟诗人描写的不同，并没有狂涛怒浪；是的，在他的想像中生活的海洋是风平浪静、清澈透明的，一直可以看到那幽暗的海底；而他自己则坐在一只容易翻覆的小船上，在那幽暗的积满淤泥的海底隐隐约约地伏着一些像大鱼似的、丑恶的怪物；那是生活中的痛苦、疾病、悲伤、疯狂、贫穷、盲目……他凝视着：瞧，有一个怪物离开幽暗的海底，越升越高，样子越来越清楚，越来越可憎……再过一分钟，小船就要被它拱翻了！可是它又模糊了，又沉下去，沉到海底——它又伏在海底，只是微微地摆动着尾鳍……可是命中注定的一天一到，他的小船会被它拱翻的。

他摆了摆头，从圈椅上一跃而起，在屋里踅了两三个来回，便坐到写字台前，把抽屉一个个拉开，开始翻腾自己的旧信，这些信大部分是女人写来的。他自己也不知道为什么要这样做，他什么也不找——不过是想做点什么事来排遣使他苦恼的思绪。他随便抽出了几封信（在一封信里有一朵枯干的小花用褪了色的缎带系着），他只是耸了耸肩膀，朝壁炉瞥了一眼，就把信扔到了旁边，他大概是想把这些无用的废物全部烧掉。他的手急急忙忙地一会儿伸到这个抽屉里，一会儿伸到那个抽屉里，他的眼睛突然睁大了，他从抽屉里慢慢地拿出来一个老式的八角小盒，慢慢地打开了盒盖。在小盒子里用两层已经发黄的棉花盖着一个小小的石榴石十字架。

他困惑地对这个小十字架端详了几分钟，便突然无力地叫了一声……他的神情既像惋惜又像喜悦。一个人突然遇到了一个多年未见、曾经温柔地爱过、当年轮廓依旧、而今被岁月弄得面目全非的人时，脸上的神情就是这样的。

他站起身来，又回到壁炉旁，坐到圈椅上，又用两手捂住了脸……“为什么在今天？偏偏要在今天？”他这样想着，便回忆起了早已逝去的许多往事。

下面就是他的回忆……

不过首先应该交待一下他的姓名。他的姓名是德米特里·帕夫洛维奇·萨宁。

下面就是他的回忆。

事情发生在一八四〇年夏天。当时萨宁刚满二十一岁，在从意大利回俄国的途中，在法兰克福[①]作短暂停留。他财产不多，自由自在，几乎无牵无挂。一个远房亲戚死后给他留下了几千卢布遗产——他便决定在去当差、把官家的套包彻底套在身上（否则他便无法维持温饱）之前，到国外把这笔钱花完。萨宁准确地完成了自己的计划，他把钱支配得那么恰当，抵达法兰克福的时候剩下的钱刚好够到彼得堡。一八四〇年那时铁路还很少；旅游者乘坐的是公共马车。他在公共马车上订了一个座位，不过公共马车要在夜里十点多钟才启程。还有许多时间。幸亏天气很好——萨宁在当时著名的白天鹅饭店用过了午饭，就动身到街上去游逛。他去看了看丹内克尔雕塑的阿里阿德涅像[②]，并不很喜欢，便去访问歌德故居[③]，其实歌德的作品他也是只读过一本《少年维特的烦恼》，而且读的还是法译本，在美因河畔散了散步，像一个正经的旅游者那样孤寂地盘

① 全称美因河畔法兰克福，现为德国重要工商业、金融和交通中心，黑森州首府。

② 封·丹内克尔（1758—1841），德国雕刻家。阿里阿德涅是希腊神话中的人物。《阿里阿德涅骑豹》（1814）是丹内克尔的著名雕塑，一八一六年法兰克福银行家贝特曼购得后置于为其专门所建之展览馆中展出。

③ 指歌德父亲的住宅，诗人于一七六五年进莱比锡大学之前，在这里度过了童年和少年时代。

桓了一会儿；终于在下午五点多钟的时候带着一脸倦容、两脚尘土出现在法兰克福最不足道的一条街上。这条街，他后来久久不能忘怀。这条街上房子不多，在一所房子上他看到了一个招牌："罗塞利意大利糖果店"。萨宁走进店里想喝杯柠檬水。店里摆着一个简朴的柜台，柜台后面是一个刷了漆的柜橱，柜橱的搁板上摆着几个贴着金色标签的瓶子和同样数量的装着面包干、巧克力饼和冰糖的玻璃坛子，像药房似的；屋里一个人也没有，只有一只灰猫在靠窗的一把高背藤椅上眯着眼，伸动着爪子，发出呼噜呼噜的响声；另外，地板上一个扣在地上的木质雕花针线盒子旁边有一大团红毛线在夕阳的斜晖里被照得通红通红的。里屋传出了隐隐约约的嘈杂声。萨宁站了一会儿，让门铃响完，然后提高声音问道："一个人也没有吗？"话音未落，隔壁房间的门开了——萨宁不由得大吃一惊。

应声从里屋跑出了一个十八九岁的少女，袒露的双肩上披散着黑色鬈发，赤裸的双臂向前伸着，一看到萨宁便奔过去，抓住他的一条胳膊，拽着就走，气喘吁吁地说："快，快，来，救人！"萨宁没有立即跟少女去，好像要坚持站在原地似的，这倒不是因为他不愿意跟她去，实在是因为他太惊讶了：他生平从来没有见过这么漂亮的美人儿。她转过身来，把一只手握起来，痉挛地抬到煞白的腮边说："走啊，走啊！"她的声音、眼神和动作是那么着急，使得萨宁立即跟她闯进了开着门的里屋。

他随少女跑进了一个房间，里面一张用马鬃填充的老式沙发上躺着一个十三四岁的男孩，脸色煞白，白中透黄，像蜂蜡或者古代大理石。这男孩非常像那个少女，显然是她的弟弟。他两眼闭着，浓密的黑头发在石雕般的前额、不动的两道细眉上投下了一片黑影，从发紫的两唇之间可以看到咬紧的牙齿。看样子，他已停止呼吸了；一只手耷拉到地板上，另一只手扬在脑后。这孩子身上穿着衣服，扣着纽扣；领带紧紧地勒着他的脖子。

少女尖叫着扑到那男孩身边。

"他死了，他死了！"她喊着，"他方才还坐在这儿跟我说话来着，突然就倒下去不动了……我的上帝！难道没有救了吗？妈妈也不在家！潘塔莱奥内，潘塔莱奥内，医生怎样啦？”她突然用意大利语补充了一句，“你去找医生了吗？”

“小姐，我没有去，我派路易莎去了。”门外传来一个嗄哑的声音，随后拐着罗圈腿进来了一个小老头，浅紫色燕尾服，黑色的纽扣，高高的白领结，本色土布短裤，黑色的长毛袜。他的瘦小的脸庞被一团铁灰色的浓发遮得完全看不见了。头发从四周直竖上去又一绺绺地披散下来，使小老头的样子很像一只凤头鸡，因为在铁灰色的头发下面只能看清一个尖鼻子和一对溜圆的黄眼珠，所以像得就更加惊人。

“路易莎跑去更快些，我不能跑，”小老头一边用意大利语继续说着，一边交替地抬着患痛风的扁平的双脚，脚上穿着一双高靿皮鞋，鞋带打成小花结，“我拿了些水来。”

他用瘦骨嶙峋的手指攥着水瓶的细长瓶颈。

“可是埃米利眼看要死啦！”少女喊了一声，向着萨宁伸出了两手，“啊，我的先生，O mein Herr[①]！难道您不能救救他吗？”

① 德语：我的先生。

“必须给他放血——这是中风。”被叫作潘塔莱奥内的小老头说。

萨宁虽然对医学一窍不通，可是他十分清楚十四岁的孩子是不会得中风的。

“这是昏厥，不是中风。”他说完，便问潘塔莱奥内：“你们有刷子吗？”

小老头仰起脸来。

“什么？”

“刷子，刷子，”萨宁用德语和法语重复着，“刷子。”他做出给自己刷衣服的样子又说了一句。

小老头终于明白了他的意思。

“啊，刷子！Spazzette[1]！怎么会没有刷子呢！”

“拿来，我们把他的外衣脱下来，给他刷身子。”

“好……Benone[2]！不要往他脑袋上倒凉水吗？”

“不……等一会儿再倒；现在快去拿刷子来。”

潘塔莱奥内把水瓶放到地板上跑了出去，马上就拿来了两把刷子，一把是刷头发的，另一把是刷衣服的。一条卷毛狮子

① 意大利语：刷子。
② 意大利语：好！

狗跟着他,使劲儿摇着尾巴,好奇地看着他、少女乃至萨宁,——好像想知道：人们为什么这样忙乱?

萨宁麻利地给躺着的孩子脱掉外衣，解开衬衫领扣，卷起衬衫袖子，便拿起刷子用全身力量刷他的胸膛和两臂。潘塔莱奥内用另一把刷头发的刷子使劲刷他的皮靴和裤子。少女跪到沙发旁边，两手抱着头，目不转睛地盯着弟弟的脸。

萨宁一边刷着，一边斜着眼睛瞟她。我的上帝！这是一个多么漂亮的美人儿啊!

她的鼻子略嫌大些，可是鹰钩形的轮廓却极为秀美，上唇有些淡淡的茸毛；然而脸色却光润柔和，跟象牙或乳白色琥珀毫无二致。秀发上的波状光泽就像毕蒂宫里珍藏的阿洛里①画的朱迪斯，两只深灰色的眼睛，眼珠周围是细细的黑边儿，尤其美妙动人——即使此刻，当恐惧和悲伤使她的目光暗淡……萨宁不由得想起了他归途经过的那个奇美的国度……是的，他即使在意大利也未遇到过一个这样的美人儿！那少女缓慢而不均匀地呼吸着，她好像每时每刻都在等着弟弟开始呼吸。

萨宁继续刷着那个孩子的身体。不过这时他已不只是瞟那个少女了。潘塔莱奥内的奇怪模样也吸引着他注意。老人已筋疲力尽，开始喘起来；每次下刷子的时候，他都要跳一跳，发出尖细的叫声；被汗水浸湿的一绺绺浓发，沉甸甸地来回摆动着，像被水冲刷着的巨大植物的根须。

萨宁本想跟他说一句：“起码应该把他的靴子脱掉啊。”

狮子狗大概受到眼前发生的异常情况的刺激，突然把两只前爪伏在地上叫起来。

① 阿洛里（1577—1621），意大利画家。毕蒂宫是佛罗伦萨市的一家博物馆，那儿收藏着十六至十七世纪意大利和其他国家画家的作品。

"Tartaglia——canaglia！[1]"老人对着它轻声喝了一声……

不过这时少女脸上的表情起了变化。她的眉毛扬起来，两眼睁得更大了，闪着喜悦的光辉……

萨宁回头看了一下……男孩子的脸上有了血色；眼皮动了……鼻孔翕动了一下。他透过仍然紧咬着的牙齿吸了一口气……

"埃米利！"少女喊道，"我的埃米利！"

两只黑色的大眼睛慢慢地睁开了。目光虽然还迟钝，可是已露出了微弱的笑意。那笑意移到了苍白的嘴唇上。后来他又动了一下垂着的那只手——一下子把它抬到了自己的胸上。

"埃米利！"少女又叫了一声，便站起身来。她脸上的神情那么冲动，令人觉得她马上不是要泪如泉涌就要纵声大笑了。

"埃米利！怎么回事儿？埃米利！"门外传来一个声音，接着便有一位衣着整洁、满头银发、面色黧黑的太太迈着急促的步子走了进来。一个上年纪的男子跟在她的后边；女仆的头在这男子的肩后闪了一下。

少女朝他们跑过去。

① 意大利语：塔尔塔利亚——坏蛋！

“他得救了，妈妈，他活了！”她痉挛地拥抱着进屋的那位太太，喊道。

“是怎么回事儿？”那位太太又问了一句，“我正在往回走……突然遇到了医生先生和路易莎……”

少女开始讲述事情的原委，医生走到病人跟前，病人在渐渐恢复知觉，仍在继续微笑着：仿佛开始为自己所引起的这场虚惊感到难为情。

“我看，你们是用刷子给他刷过，”医生对萨宁和潘塔莱奥内说，“做得好极了……很好的主意……现在我们再看看还有什么办法……”他号了号年轻人的脉，“嗯！把舌头伸出来！”

那位太太关切地弯腰看那年轻人。他更加开朗地笑了笑，抬眼望着她，脸红了……

萨宁意识到自己呆在这里多余了，便退到店堂里。可是没等他去握临街大门的把手，少女又出现在他面前，叫住了他。

“您要走，”她温柔地看着他的脸，开口说道，“我不留您，可是今晚您一定要到我们家来：我们非常感激您，也许可以说是您救了我弟弟，我们想向您略表谢意——妈妈想这么做。您应当告诉我们您是什么人，您一定高兴同我们……”

“可是我今天要动身去柏林哪。”萨宁犹疑地说。

“来得及，”少女立即反驳说，“一小时后，到我家来喝杯巧克力吧。您答应吗？我还需要去照护弟弟！您来吗？”

萨宁怎好推辞呢？

“我来。”他答道。

美人迅速地握了握他的手，就轻盈地跑进里屋去了，萨宁也到了街上。

四

一个半小时以后，萨宁回到了罗塞利糖果店，他们把他当亲人来接待。埃米利坐在萨宁给他刷身子的那张沙发上，医生给他开了药，建议他“切忌感情冲动”，因为他是个神经质的人，而且心脏容易出毛病。他以前也昏厥过，但时间没有这么长,而且病情也没有这么厉害。不过,医生说已没有任何危险了。埃米利穿着正在康复的病人应该穿的宽大的睡衣；母亲给他的脖子上围了一条浅蓝色毛围巾；然而他的神态是快活的，几乎像过节一般；而且周围也是一派节日气氛。沙发前边是一张铺着干净台布的圆桌，桌上放着一个瓷质的大咖啡壶，里面装着喷香的巧克力饮料，壶的周围摆着杯子，装着糖浆的坛子，饼干，面包，甚至还摆了花儿。两个老式的银烛台上燃着六支细蜡烛。沙发的一侧是一张没坐人的松软的圈椅——萨宁被让到这张椅子上就座。他白天见到的糖果店里的人都来了，狮子狗塔尔塔利亚和那只猫也不例外；大家的神情都快活得无法形容；狮子狗甚至高兴得直打喷嚏；只有猫仍然装模作样地眯着眼睛。人们请萨宁讲讲他是哪国人、从哪儿来、叫什么名字。当听说他是俄国人时，两位女士都有些惊讶，甚至啊了一声，马上就异口同声地夸奖他德语说得极为出色，并且说，要是说法语更方便的话，他也可以说法语，因为她俩都能完全听懂法语，并能用法语表情达意。萨宁立即接受了这个提议。“萨宁？萨宁！”两位女士无论如何也没有想到俄国人的姓会这么顺口。他的名字“德米特里”也颇受到她们的喜欢。年长的那位女士说她年轻时曾听过一出歌剧叫《Demetrio e Polibio》[①]，不过“Dimitri”[②]比“Demetrio”[③]更好听。萨宁这样谈了将近一个小时。两位女士也向他详细地介绍了自己的身世。说话更多的是母亲，那位有着银白色头发的太太。从她的话里，萨宁了解到：她的名字叫莱奥诺拉·罗塞利，丈夫乔瓦尼·罗塞利已去世，她丈夫二十五年前迁到法兰克福来开糖果店，是维琴察人，是个很好的人，虽然有些爱发脾气、自以为是，而且是个共和派[④]！说这些话的时候，罗塞利夫人指给萨宁看挂在沙发上方的她丈夫的油画肖像。罗塞利夫人叹了口气，说画家大概“也是个共

① 意大利语：《德梅特里奥和波利比奥》。（意大利著名作曲家罗西尼早期的歌剧。）

② 用德语拼的俄语：德米特里。

③ 意大利语：德梅特里奥。

④ 苏联学者认为这里的共和派指的是意大利烧炭党。意大利烧炭党成立于一八〇八年，是主张共和、争取民族解放的秘密团体。一八一五年维也纳会议之后，意大利（其中包括维琴察市所在的被奥地利占领的伦巴第—威尼斯王国）反动势力获胜，大肆镇压民族解放运动。作者安排杰玛的父亲在此时（故事发生一八四〇年，二十五年前，恰是一八一五年）离开意大利，显然想暗示此事与烧炭党人被镇压有关。

和派！”，不太会捕捉相像的地方，因为已故的乔瓦尼被画成个阴森可怕的强盗，像里纳尔多·里纳尔迪尼[①]一样！罗塞利夫人出生在“古老而美丽的帕尔马市，那儿教堂的圆顶美极了，不朽的柯勒乔[②]在上面画了天顶画！”不过，由于长期居留德国，她已几乎完全变成德国人了。后来她又忧伤地摇了一下头，说她只剩下这个姑娘和这个儿子了（她依次指了指他俩）；姑娘叫杰玛，儿子叫埃米利；两个都是很好很听话的孩子——特别是埃米利……（“我不听话吗？”姑娘插了一句。“嚯，你也是个共和派！”妈妈答道。）现在的生意当然比丈夫在世时差啦，丈夫是个了不起的糖果师……（“Un grand' uomo！”潘塔莱奥内带着威严的神态附和说。）不过托上帝的福，日子过得总还算可以！

① 德国作家符尔皮乌斯（1762—1827）的同名小说的主人公，著名的强盗。

② 柯勒乔（1494—1534），意大利画家。

五

杰玛听着母亲的话，一会儿笑笑，一会儿叹口气，一会儿抚摸一下母亲的肩膀，一会儿伸出手指来威吓她一下，一会儿瞧瞧萨宁；最后站起来抱着母亲，吻了吻她的颈窝，母亲痒得咯咯地笑了许久，甚至还尖叫了几声。潘塔莱奥内也被介绍给了萨宁。原来他当年曾经是个唱男中音的歌剧演员，不过舞台生涯早已停止，如今住在罗塞利家，既不是朋友又不是仆人，介于二者之间。他虽然在德国呆的时间很长，可是德国话却说不好，只学会了用德国话骂人，而且连骂人的德国话也要毫不留情地用意大利话加以改造。他几乎认为每个德国人都是"费罗弗卢克托·斯皮切布比奥[①]！"他的意大利话说得却十分准确，因为他是意大利的西尼加里亚[②]人，在那儿可以听到"lingua toscana in bocca romana！"[③]埃米利显然在舒舒服服地尽情享受着一个刚脱离了危险、正在康复的人所有的那种愉快感觉；而且从各方面都可以看得出来，家里人是娇惯他的。他腼腆地向萨宁表示了谢意，不过多半是用糖浆和糖果。萨宁被迫喝了

① 意德混合语：可恶的骗子。

② 意大利的小城，在古罗马时代就有名，滨亚得里亚海，在安科纳附近。

③ 意大利语：罗马人讲的托斯卡纳话。（托斯卡纳是意大利的一个大区。意大利标准语是 13 至 14 世纪在托斯卡纳方言的基础上形成的。这句话的意思是说潘塔莱奥内从小可以学到标准的意大利语。）

两大杯上好的巧克力，吃了许多饼干：他刚咽下了一块，杰玛又端给他另一块——盛情难却啊！他很快就觉得跟在家里一样了：时间在以令人难信的速度飞逝着。他应邀谈了许多——他介绍了俄国的一般情况、俄国气候、俄国社会、俄国农民，特别是哥萨克；介绍了一八一二年战争[①]、彼得大帝、克里姆林宫，也介绍了俄国的歌曲和大钟。两位女士对我们辽阔而偏远的祖国了解极差。罗塞利夫人（此地人更常称呼她莱诺雷太太）提的一个问题甚至使萨宁感到惊讶。她不久前在已故丈夫留下的一本《Bellezze delle arti》[②]里的一篇有趣文章里曾读到过彼得堡上个世纪建造了一座有名的冰宫[③]，她问这座冰宫是否仍然存在。萨宁惊叹道："您认为俄国永远没有夏天吗？！"莱诺雷太太说，在这之前她一直认为俄国终年积雪，人人都穿大皮袄，个个都是军人——不过非常好客，所有的农民都很听话！萨宁尽力向她和她的女儿提供一些比较准确的情况。当谈到俄国音乐的时候，大家立即请他唱一首俄国歌听听，并指给他看摆在屋里的一架小小的钢琴，那架钢琴上黑键是白的、白键则

① 指一八一二年俄国抵抗拿破仑入侵的那次战争。

② 意大利语：《艺术的美》。（18世纪末出版的一种艺术丛刊。）

③ 系根据俄国女皇安娜·伊万诺夫娜的旨意于一七四〇年一月建成。

是黑的。他没有多加推辞就同意了，用右手的两个手指、左手的三个手指（拇指、中指和小指）给自己伴奏着，用带鼻音的尖细男高音，先唱了一首《萨拉凡》，后来又唱了一首《沿着石铺的大街》。两位女士赞扬了他的嗓音和曲调，可是她们更欣赏俄语的柔和和响亮，并要求把歌词翻译出来。他满足了她们的愿望，可是因为《萨拉凡》，特别是《沿着石铺的大街》（sur une rue pavée une jeune fille allait à l'eau[①]——他这样传达了原文的意思）的歌词未能得到两位女听众对俄国诗歌的高度评价，他又把普希金的《我记得那美妙的一瞬》朗诵了一遍，并翻译出来，然后又按格林卡谱的曲子唱了一遍，一些小调分节段稍稍走了调儿。两位女士听罢，赞叹不已——莱诺雷太太甚至发现俄语与意大利语极为相似。“мгновение[②]”像“o,vieni[③]”，“со мной[④]”像“siam noi[⑤]”等等。甚至普希金（她读成普塞金）和格林卡这两个名字在她听来也有些像意大利语。萨宁也请两位女士唱点儿什么：她们也没有推辞。莱诺雷太太坐到钢琴前

① 法语：一个妙龄女郎沿着石铺的马路去汲水。
② 俄语：一瞬。
③ 意大利语：噢，过来。
④ 俄语：跟我。
⑤ 意大利语：这是我们。

边跟女儿一起唱了几首 duettino ①和 stornelo ②。母亲当年肯定曾经是个出色的女低音，女儿的嗓音差一些，可是很悦耳。

① 意大利语：小二重唱。
② 意大利语：民歌。

六

不过萨宁欣赏的不是杰玛的歌喉，而是她本人。他坐在她身后稍侧一些的地方，心中想道，不论哪棵棕榈——甚至当时最时髦的诗人别涅季克托夫[①]诗中所描写的——也不能跟她亭亭玉立的身材相媲美。当她唱到最富感情的地方举目仰望的时候，他觉得在这样目光下天空也会动情。潘塔莱奥内一只肩膀靠在门框上，下巴和嘴藏在宽松的领结里，以内行的神态郑重其事地听着，甚至连这个老人也欣赏起美丽少女的容貌来，为少女的俊美感到惊讶——而这张脸对他来说似乎应该是看惯的了！莱诺雷太太跟女儿唱完小二重唱以后说，埃米利的嗓子好极了，真是跟银铃一般，可是他已进入变嗓音的年龄（他说话的声音的确有些嘶哑低沉），因此禁止他唱歌；潘塔莱奥内倒可以为客人露露当年的身手！潘塔莱奥内立即显出一副不满意的样子，皱起眉头，挠了一下头发，说他早就不弄这个了，虽然年轻的时候他的确能够不负众望；说他是属于那个伟大的时代的，那时曾出过一些真正的典范歌手（现在那些尖声嚎叫的

① 别涅季克托夫（1807—1873），俄国诗人。这里指的是他在《死之舞》中描写莎乐美舞姿的诗句：

> 她那火焰一般的眼神含着迷人的魅力；
> 她的腰肢有节奏地摆动着——
> 苗条得像犹太国的一棵挺拔的棕榈。

人是望尘莫及的！）和一个真正的歌唱学派；说有一次在摩德纳人们曾献给他——瓦雷泽人潘塔莱奥内·契帕托拉一个桂冠，甚至为此还在剧场里放了几只白鸽子；说他曾跟一个叫塔尔布斯基的俄国公爵（il principe Tarbusski）过从甚密，这位公爵晚宴的时候总是劝他去俄国，许诺他金银成山，成山哪！……可他不愿离开意大利，但丁的祖国——“il paese del Dante！”。后来当然发生了……一些不幸的情况，怪他自己不谨慎……说到这里，老人自己中断了话头，深深地叹了两口气，低下了头，又谈起了典范的歌唱时代，谈起了著名的男高音加尔西亚①，他对加尔西亚怀着无限崇敬的心情。

“这才是个了不起的人呢！”他赞叹道，“伟大的加尔西亚——《il gran Garcia》——从来没有降低到像眼下那些可怜的男高音——tenoracci——那样用假嗓子唱：他唱歌总是用胸音，用胸音，voce di petto,si！②”老人用干瘪的小拳头狠狠地捶了捶自己的胸口，“多么好的演员哪！一座火山，signori miei③，一座火山，un Vesuvio！我有幸跟他在

① 曼努埃尔·加尔西亚（1775—1832），享有世界声誉的西班牙歌剧演员和作曲家。

② 意大利语：用胸音，是的！

③ 意大利语：我的先生们。

dell' illustrissimo maestro[①]罗西尼[②]的歌剧《奥赛罗》中同台演出过！他演奥赛罗，我演伊阿古，当他唱这句……”

说到这里，潘塔莱奥内拉开了架势，用颤抖沙哑然而仍旧热情奔放的声音唱起来：

L' i…ra daver…so daver…so il fato
lo più no…no…no…non temerò ！[③]

“剧场震动了，signori miei！不过我也没落后，我接着唱道：

L'i…ra daver…so daver…so il fato
Temèrpiù non dovro！[④]

“这时他忽然像一道闪电、一只猛虎，唱道：Morro！…ma vendicato…[⑤]

① 意大利语：著名的艺术大师。
② 罗西尼（1792—1868），意大利歌剧作曲家。
③ 意大利语：我再不害怕命运的愤怒！
④ 意大利语：我再也不应害怕命运的愤怒！
⑤ 意大利语：我愿死！……可我先要报仇……

“再比如他唱……唱《Matrimonio segreto》①中这段著名的咏叹调 Pria che spunti②…这时，他，il gran Garcia，在 I cavalli di galoppo③这几个词之后，在 Senza posa cacciera④上来了一个——请听听，多么出色，com’è stupendo！⑤——他来了一个……”老人本想来一个非凡的装饰音，可是在第十个音符上卡住了，咳嗽起来，挥了一下手，转过身去嘟哝道：“你们折磨我干什么？”杰玛立即迅速从椅子上站起来，用力鼓掌，喊着“再来一个！……再来一个！”跑到可怜的退休伊阿古跟前，双手爱抚地拍拍他的肩膀。只有埃米利毫不怜悯地笑着。拉封丹早就说过“Cet âge est sans pitié”——“这个年龄是不懂得怜悯的”⑥。

萨宁企图安慰安慰这个年迈的歌手，就跟他用意大利语交谈起来（他在最后这段旅游期间稍微学了一些意大利语），谈论“paese del Dante, dove il si suona”⑦。这句话再加上“Lasciate

① 《秘婚记》，意大利作曲家基马罗萨（1749—1801）所作的歌剧。
② 意大利语：在我上马之前。
③ 意大利语：飞驰着的马儿。
④ 意大利语：将不停息地奔驰。
⑤ 意大利语：多么出色！
⑥ 见拉封丹的寓言《两只鸽子》。
⑦ 意大利语：“但丁的祖国，那儿把‘是’说成‘si’”。（引自《神曲·地狱篇》第 33 歌。引文不完全准确。）

ogni speranza”[1]就是这个青年旅游者有关意大利诗歌的全部知识。可是潘塔莱奥内并没有接受他的奉承。他把下巴更深地藏进领结里，阴沉沉地瞪着两眼，这时他又像一只鸟了，而且像一只愤怒的鸟——乌鸦或者老鹰。这时埃米利脸色蓦地微微一红，像受到娇惯的孩子们常做的那样，转身对着姐姐说她要是想使客人开心，除了把她擅长朗诵的马尔茨的喜剧挑出一出来朗诵给客人听以外，她再想不出更好的办法了。杰玛笑了，打了弟弟的手一下，喊了一句“他总是想出这种花样来！”不过她立即回到自己屋里，拿了一本小书回来，坐到桌前靠近灯的地方，环顾了一下，举起了一根手指，意思是说：“肃静！”这是一个纯粹的意大利手势，接着便读起来。

① 意大利语：“抛弃一切希望”。（但丁《地狱篇》写在地狱入口处的题辞。）

七

马尔茨是法兰克福三十年代的一个作家，在用当地土话写的一些短小轻松的喜剧里刻画了法兰克福当地一些典型人物，笔调幽默，虽不深刻，却可笑而生动。杰玛读得果然很好——完全跟职业演员一样。她运用同意大利血统一起继承来的全部表情技巧突出了每个人物的特点，出色地表达了每个人物的性格；当需要扮演糊涂的老太婆或愚蠢的市长的时候，她既不顾惜自己甜蜜的嗓音，也不珍爱自己美丽的容颜，扮出最可笑的鬼脸，挤眼睛，皱鼻子，装大舌头，尖声怪叫……朗诵的时候，她自己不笑，不过当听众（除了潘塔莱奥内，一念到“quel ferroflucto Tedesco[①]”，他就生气地走开了）突然爆发出一致的笑声使她念不下去的时候，她就把书放在膝盖上，把头向后一仰，响亮地哈哈大笑起来，黑色的鬈发像一些松软的小圈儿在她的脖颈和抖动的肩膀上跳跃着。笑声一停，她立即拿起书来，带上应有的表情，认真地读起来。萨宁惊讶不已，使他特别感到奇怪的是：这样一张无比漂亮的脸怎么会突然带上可笑的、有时差不多是庸俗的神情呢？妙龄少女的角色——所谓“jeunes premières[②]”，杰玛读得差一些；恋爱的场面尤其不成功；她自

① 意大利语和德语：某个可恶的德国人。

② 法语：年轻的女主人公。

己也感觉到这一点，因此便使这些场面带上了淡淡的一层嘲笑的色彩，好像她不相信这些山盟海誓和甜言蜜语，不过作者本人对这种场面也是尽力避免的。

萨宁没有注意到一晚上的时间是怎么飞逝的，——只有听到钟表敲了十下以后，他才想起自己还得上路。他像被蜇了一下似的猛然从椅子上站起来。

“您怎么啦？”莱诺雷太太问道。

“我今天应该动身去柏林——马车座位已订好了！”

“马车什么时候走？”

“十点半！”

“唉，反正已经来不及了，”杰玛说，“留下吧……我再念几段。”

“车钱全付了，还是只付了定钱？”莱诺雷太太问道。

“全付了！”萨宁哭丧着脸喊道。

杰玛眯缝起眼睛来瞧了瞧他，大笑起来。母亲责备她说：

“年轻人白花了钱，你还笑！”

“不要紧，”杰玛答道，“这不会使他破产的，让我们好好儿安慰他吧。您想喝柠檬水吗？”

萨宁喝了一杯柠檬水。杰玛又念起马尔茨来——一切又都欢畅地进行起来。

钟敲了十二下。萨宁起身告辞。

“您如今得在法兰克福多住几天了，”杰玛对他说，“急什么？在别的城市不会比这儿更快活。”她沉默了一会儿，“真的，不会更快活的。”她补充了一句,笑了笑。萨宁什么话也没有说，心想：由于囊中已空，他不得不留在法兰克福等柏林的一位朋友回信，他准备向这位朋友借钱。

“留下吧，留下吧，”莱诺雷太太也说，“我们要介绍您认识一下杰玛的未婚夫卡尔·克吕贝尔先生。他今天未能来，因为他店里很忙……您大概在蔡尔大街上见过一家最大的呢绒绸缎商店吧？他就是那里的经理。不过他会很高兴认识您的。”

不知道为什么，萨宁听到此话心里稍稍感到有些震动。“这个未婚夫真是幸运儿！”他脑袋里闪了一个念头。他瞧了瞧杰玛——他觉得在她的眼里发现了嘲笑的神色。他开始鞠躬告辞了。

“明天见吧？是吗，明天见？”莱诺雷太太问道。

“明天见！”杰玛用的不是疑问语气，而是肯定语气，好像只有如此才行。

“明天见！”萨宁答道。

埃米利、潘塔莱奥内和狮子狗把他送到了街拐角。潘塔莱奥内忍不住对杰玛的朗诵发表了一些不满的意见。

“她不知害羞！又扮鬼脸，又尖声怪叫——una carricatura！[①]她应该念《墨洛珀》[②]或《克吕泰涅斯特拉》[③]——念伟大的悲壮的东西，可她却去模仿讨厌的德国婆娘！这我也能……默茨，克茨，斯麦尔茨[④]。”他脸向前探着，挓挲着手指，用沙哑的声音补充了一句。狮子狗对着他叫起来，埃米利哈哈大笑。老人猛然转身往回去了。

萨宁回到了白天鹅饭店（他把行囊放在那儿的大厅里），心里感到十分茫然。那些德语、法语和意大利语夹杂在一起的谈话仍在他耳边回响着。

“未婚妻！”他被领进一个简朴的房间里，躺在床上念叨了一句，“真是个美人儿！可我为什么留下了呢？”

不过第二天他就给柏林的朋友寄去了一封信。

① 意大利语：一副滑稽相。

② 墨洛珀，希腊神话人物，克瑞斯丰忒斯之妻。波吕丰特斯杀其夫、篡夺王位并强迫她嫁给他。十八世纪，伏尔泰曾根据这个传说写成悲剧《墨洛珀》。古希腊悲剧诗人欧里庇得斯在其悲剧《克瑞斯丰忒斯》中也写到过她。

③ 克吕泰涅斯特拉，希腊神话中人物，据说是迈锡尼王阿伽门农之妻，因故杀死亲夫，后被其子俄瑞斯忒斯所杀。法国悲剧诗人拉辛在悲剧《伊菲革涅亚在奥利德》中写到过她。古希腊悲剧诗人埃斯库罗斯、索福克勒斯和欧里庇得斯都用这个题材写过悲剧。

④ 这是一些毫无意义的声音，潘塔莱奥内用这些声音模仿杰玛的朗读，挖苦她。

八

他还没有穿好衣裳，茶房就来通报说有两位先生来访。其中一位是埃米利；另一位是仪表堂堂、身材魁梧、容貌极为端庄的青年男子，卡尔·克吕贝尔先生，漂亮的杰玛的未婚夫。

可以肯定，当时在法兰克福全市没有一家商店的经理能像克吕贝尔先生这么彬彬有礼、体面大方、稳重而殷勤周到。他的衣着打扮毫无可以挑剔之处，一如他的举止，他固然有些古板拘谨，类似英国风度（他在英国住了两年嘛），可是却优雅迷人！一眼就可以看出来，这个漂亮而有些严厉、受过极好教育、梳洗得也颇为干净的年轻人是惯于对上司惟命是从、对下属发号施令的，站在商店的柜台里必定会使顾客肃然起敬！对他的异常的诚实是不能有丝毫怀疑的：只要看看他那浆得硬硬的衬衣领子就足以令人相信了！他的声音也恰到好处：深沉、圆润而自信，不太洪亮，音色里甚至还含有一些亲切的成分。这种声音特别适合于吩咐伙计们："把那块大红色的里昂天鹅绒拿给顾客看看！"或者："给这位太太搬把椅子来！"

克吕贝尔先生首先作了自我介绍，他那么优雅地一鞠躬，那么令人愉快地并了一下两腿，那么恭敬地磕了一下鞋后跟，以致任何一个人都会感到："此人的内衣和心灵都是上等货！"左手戴着瑞典手套，反拿着镜子般闪亮的礼帽，帽子里放着另一只手套，右手裸露着，谦虚而自信地伸给了萨宁，指甲修剪得好极了：每个指甲都完美无比！接着他用最考究的德语说，外国先生给了他未来的亲戚、未婚妻的弟弟那么重大的帮助，他特来致敬、道谢。说这话时，他拿帽子的左手朝埃米利的方向摆了一下，埃米利好像感到害羞，转过身去对着窗户，把一根手指放在嘴里。克吕贝尔先生补充了一句，说如能做些使外国先生感到愉快的事情，他将感到荣幸。萨宁虽然不是毫无困难，却也用德语作了回答，说他很高兴……说他的帮助不足挂齿……请两位客人就座。克吕贝尔先生道了谢，立即撩起燕尾服的后襟坐了下来，不过坐得那么轻，那么不实在，令人不能不明白："此人是出于礼貌才坐下的——马上就会站起来！"果然，他马上就站了起来，难为情地把两脚像跳舞似的左右踏了两下，说很抱歉，不能久留，因为要赶到店里去——生意高于一切嘛！——不过因为明天是星期日，所以他征得莱诺雷太太和杰玛小姐的同意要安排一次去索登的郊游，恭请外国先生光临，相信外国先生不会拒绝为这次郊游增色。萨宁没有拒绝为郊游增色，克吕贝尔先生又自我介绍了一番就离去了，他的裤子令人愉快地闪动着最柔和的豌豆绿，崭新的皮靴的鞋底也同样令人愉快地发出吱吱声。

九

埃米利甚至在萨宁请他“坐一会”以后仍然脸朝窗站在那里，等他未来的姐夫一走，便转过身来，孩子般扭扭捏捏地红着脸问萨宁是否可以在这儿再呆一会儿。“我今天好多了，”他补充说，“不过医生仍不许我工作。”

“留下吧！您丝毫不会妨碍我的。”萨宁马上说。他像任何一个真正的俄国人一样，很愿意抓住随便一个借口来使自己不必做任何事情。

埃米利谢了谢，很快就在他面前，在他的房间里不感到任何拘束了：他看了他的东西，几乎看每件东西都要问：在哪儿买的，优点是什么？他帮萨宁刮了脸，并且指出萨宁不该不留胡子；最后还向萨宁详详细细地讲了母亲、姐姐、潘塔莱奥内乃至狮子狗的许多情况，讲了他们的各种生活琐事。埃米利丝毫也没有羞怯的感觉了；他突然觉得非常非常喜欢萨宁，这决不是因为他昨天救过他的命，而是因为萨宁这个人很可亲！他立即把自己的全部秘密都告诉了萨宁。他特别热烈地谈到妈妈一心想要把他培养成商人，而他却知道，准确地知道自己天生是个艺术家，音乐家，歌唱家；登台演出才是他的天职；连潘塔莱奥内都鼓励他，不过克吕贝尔先生却支持妈妈，对妈妈有很大影响；把他培养成商人也是克吕贝尔先生的主意，克吕贝尔先生认为世界上没有什么能跟商人这个称号相提并论！出卖呢绒绸缎，骗取顾客钱财，向他们要“Narren - oder Russen-Preise”[1]——这就是他的理想！

“啊，该走啦！现在该到我们家去啦！”萨宁一盥洗完毕、写完了寄往柏林的信，他就喊道。

“现在还早。”萨宁说。

“没有关系，”埃米利亲热地缠着他说，“走吧！我们先到邮局去一下，然后再上我们家。杰玛见到您会多高兴啊！您在我们家吃早饭……您可以对我妈谈谈我，谈谈我的前途……”

“那就走吧。”萨宁说。于是他们就动身了。

① 从前，也许现在也如此，从五月份起，大批俄国人一出现在法兰克福，各个商店的商品就涨价，这种价格因此得名为“Russen”（德语：俄国的）或者——唉！——“Narren-Preise”（德语：混蛋的价儿）。——作者注

杰玛看到他的确很高兴，莱诺雷太太也很热情地欢迎了他：看来他昨晚给她们俩留下的印象很好。埃米利跑出去吩咐开早饭，临出去之前先对着萨宁的耳朵说了一句："别忘啦！"

"忘不了。"萨宁答道。

莱诺雷太太身体不太舒服，偏头痛，斜靠在圈椅上，尽量避免动弹。杰玛穿的是一件宽松的黄色短衫，系着一根黑皮带。她也显得疲倦，脸色微微有些苍白，眼睛周围增添了两道淡淡的黑圈儿，目光却并未因此而暗淡，苍白的脸色给她那古典式的端庄容貌增添了一些神秘而可爱的情调。这天她那优雅美丽的两只手使萨宁感到特别惊奇，当她抬起双手梳理那乌黑发亮的鬈发时，萨宁的眼睛舍不得离开她的手指，那纤纤十指灵巧、细长，简直跟拉斐尔画的美人福尔纳里纳①的手指一样。

室外很热；早饭后萨宁想告辞，可是大家说这样天气最好呆着不动，他便同意留了下来。他跟两位女主人是坐在后屋里，室内甚为凉爽，窗外是一个小花园，长满了金合欢。茂密的枝叶之间撒满金黄色花朵，成群的蜜蜂、黄蜂和熊蜂在花丛中齐

① 传说福尔纳里纳是个贫穷的少女，拉斐尔的情人。拉斐尔的许多作品画的都是她的容貌。通常把罗马巴尔贝里尼宫收藏的那幅女人肖像（复制品，原作已丢失）称为福尔纳里纳肖像。

声贪婪地嗡嗡着。这不停的嗡嗡声穿过半掩着的百叶窗和放下的窗帘钻进屋里，说明室外的炎热，因此这个关着门窗的舒适房间里的凉爽就更沁人心脾。

萨宁说的话很多，跟昨晚一样，不过谈的不是俄国，也不是俄国生活。为了想给自己的少年朋友（他早饭后就立即被打发到克吕贝尔先生那里实习会计去了）效劳，他把话题引到艺术与商业的利弊得失的比较上。莱诺雷太太主张经商，他并不奇怪，这是他意料中的事，可是杰玛竟也赞成她的意见。

"要是你是艺术家，尤其是歌唱家，"她用力地从上到下挥动着一只手说，"那你就一定得是第一！第二就毫无用处了：谁知道你能否取得第一呢？"潘塔莱奥内也参加了谈话（他作为多年的仆人和年迈的老者甚至可以当着主人面坐在椅子上；意大利人一般在礼节方面是不严格的），潘塔莱奥内当然是赞成艺术啰。说实话，他的论据是相当无力的：他谈得最多的是首先需要具备 d' un certo estro d' inspirazione——某种灵感的冲动！莱诺雷太太反驳他，说他当然具备这种"estro[①]"啦，可是……

① 意大利语：灵感。

“我有仇敌。”潘塔莱奥内沉着脸说。

“埃米利即使有了这种‘estro’，你（大家知道，意大利人轻易就跟人以你相称）怎么能知道他不会有仇敌呢？”

“那就让他当个小商贩吧，”潘塔莱奥内气恼地说，“乔瓦尼是不会这么做的，尽管他自己是开糖果店的！”

“乔瓦尼，我的丈夫是个头脑清醒的人，尽管他年轻时迷恋过……”

不过老人已经什么也不想听——走了；临走前又用责难的口气念叨了一声：

“啊！乔瓦尼！”

杰玛喊道，要是埃米利觉得自己是个爱国者，并愿意把自己的全部力量献给意大利的解放事业，那，当然啦，可以为了这种崇高而神圣的事业牺牲自己未来的富裕生活；可是为了当演员却合不上！这时莱诺雷太太着急起来，央求女儿自己当个不要命的共和派就知足吧，可千万别再把弟弟引到邪路上去！莱诺雷太太说完了这些话，开始哼哼起来，说她的头“要裂了”。（莱诺雷太太为了对客人表示敬意，跟女儿讲的是法语。）

杰玛立即就上前服侍她，在她的前额抹上香水，轻轻地吹起来，轻轻地吻她的脸腮，在她的头下放了几个靠枕，禁止她张嘴说话——又吻起她来。后来她转身对着萨宁，用半开玩笑半认真的口吻讲她的母亲多么好、当年多么漂亮！“我怎么说当年呢！她现在也漂亮。瞧，瞧她有两只什么样的眼睛吧！”

杰玛立即从衣兜里掏出一条白手帕来，蒙到母亲的脸上，然后捏住手帕边儿由上往下慢慢儿拉着，使莱诺雷太太逐渐地露出前额、眉毛、眼睛来；她停了一下，然后叫母亲把眼睁开。莱诺雷太太顺从地照她说的做了。杰玛惊叹地喊了一声（莱诺雷太太的眼睛的确是很美的），手帕迅速地滑过了脸的下半部（这部分不如上半部那么端庄美丽），杰玛又吻起母亲来。莱诺雷太太咯咯地笑起来，轻轻转过脸去，假装用力推开女儿。女儿也假装跟妈妈抓挠着，亲热着——不过不像猫儿似的，不是法国式的，而是意大利式的，令人觉得优雅之中含着力量。

莱诺雷太太终于说她累了……杰玛立即劝她就在沙发上小睡一会儿，说她跟俄国先生——“avec le monsieur russe”将那么悄悄儿地，那么悄悄儿地……像小耗子一样——“Comme des petites souris”。莱诺雷太太对她笑了笑，闭上了眼睛，喘了几口气，就打起盹儿来。杰玛轻盈地坐到她身旁的板凳上，再也一动不动了，只是在萨宁稍微动一下的时候她才偶尔把一只手的一根手指抬到唇边——她的另一只手扶着母亲头下的枕头——轻轻地嘘一下，瞥萨宁一眼。结果萨宁也像泥塑木雕一般——坐在那里一动不动，像中了魔法似的，尽情地欣赏着眼前的这一切：欣赏着这个幽暗的房间里用一些绿色的老式玻璃杯插的娇艳的玫瑰，这些玫瑰开着鲜红的花朵；欣赏着这个熟睡的妇人，她优雅地抱着双臂，雪白的枕头衬托着那和善而疲倦的脸；欣赏着这个乖巧机灵的少女，她善良、聪明、纯洁、无比美丽，两眼又黑又深，虽蒙上了一层暗影，却仍然在闪着亮光……这是怎么回事？是梦境？是童话？他怎么会出现在这里？

十

临街大门的铃铛响了一下。一个戴着毛料礼帽、穿红坎肩的青年农民从街上进到糖果店里。从大清早起，没来过一个顾客……“我们就是这么做买卖的！”吃早饭时莱诺雷太太叹了口气对萨宁说。现在她仍然在打盹儿；杰玛怕把手从枕头下抽出来，便低声对萨宁说：“您替我卖东西去！”萨宁立即踮着脚尖儿走出来。小伙子要买四分之一磅薄荷锭。

“收他多少钱？”萨宁低声朝里屋的杰玛问道。

“六个克里泽[①]！”杰玛也低声答道。

萨宁称出了四分之一磅薄荷锭，找了一张纸卷成尖筒，一包进去就散了，重包又散了，终于包好，收了钱……小伙子把帽子按在肚子上搓揉着，奇怪地看着他。杰玛在里屋捂着嘴笑得要死。这个顾客没走，另一个顾客又来了，接着来了第三个……“看来，我的手气好！”萨宁想道。第二个要一杯杏仁酪，第三个要半磅糖果。萨宁热心地敲着羹匙，挪动着小碟子，麻利地往抽屉和坛子里摸着，把顾客们打点得满意而去。结账时发现杏仁酪卖贱了，糖果多收了两个克里泽。杰玛不停地低声笑着，萨宁也觉得非常快活，特别幸福。看样子，他愿意一

① 旧德国辅币。

辈子都站在这柜台后边卖糖果和杏仁酪。那个可爱的人儿从里屋用友好而嘲弄的眼神瞧着他，而夏日的骄阳则穿过窗前浓密的栗树叶子照射进来，使屋里充满了黄中透绿的中午阳光、中午浓荫，心里感到甜蜜慵懒，无忧无虑，感到青春的美妙，那刚刚开始的青春的美妙。

第四个顾客要一杯咖啡：不得不把潘塔莱奥内找来（埃米利还没有从克吕贝尔先生的店里回来）。萨宁又坐到杰玛身边。莱诺雷太太仍然在打盹儿，这使她的女儿极为高兴。

“妈妈睡觉时偏头痛就会好。”她说。

萨宁谈起了自己的“生意”来——当然仍旧是低声地。他极其认真地打听了店里各种食品的价钱；杰玛也同样认真地把那些价钱告诉了他，不过他俩心里却在不约而同地暗暗笑着，好像意识到他们在演一出极可笑的喜剧。突然街上传来了卖艺人用手摇琴演奏歌剧《自由射手》①里的咏叹调“Durch die Felder，durch die Auen…”②的如泣如诉的琴声在凝然不动的空气里颤抖着，呜咽着。杰玛吃了一惊……“会把妈妈吵醒的！”

① 《自由射手》，系德国作曲家韦伯（1786—1826）根据金德的脚本所写的一出浪漫主义歌剧，一八二一年首次在柏林上演。

② 德语：“穿过田野，穿过山谷……”。这是马科斯在该剧第一幕的一段唱腔。

萨宁立即跑到街上，往卖艺人手里塞了几个克里泽，叫他不要演奏，离开这里。萨宁回来以后，杰玛轻轻地对他点了点头表示感谢，若有所思地笑了笑，自己用刚刚能听得到的声音也哼起韦伯这出歌剧中马科斯倾述初恋的全部迷惘心情的那段曲调优美的唱腔来。哼完以后，她问萨宁是否知道《自由射手》，是否喜欢韦伯，接着补充说她自己虽是意大利人，可是最喜欢这样的音乐。谈话从韦伯跳到诗歌和浪漫主义上，跳到当时人们仍然在读的霍夫曼[1]……

莱诺雷太太仍在打盹儿，甚至还发出轻微的鼾声，阳光穿过百叶窗射进来，形成一些窄窄的光带，在不被察觉地不停地移动着，在地板上、家具上、杰玛的衣裳上、花叶和花瓣上游历着。

① 霍夫曼（1776—1822），德国浪漫主义作家。

十二

原来杰玛并不太喜欢霍夫曼，甚至认为他……枯燥！他的小说的扑朔迷离的北国气氛是她的明朗的南国天性所不易接受的。“这都是童话，都是为孩子们写的！”她坚持说，语气中不无蔑视的意思。霍夫曼的作品中缺乏诗意，也被她隐隐约约地感觉到了。不过他有一部小说，她很喜欢，虽然书名忘了；说实话，她喜欢的只是这部小说的开头：小说的结尾要么是她没有读，要么也是被她忘了。故事讲的是一个年轻人。这个年轻人在某个地方，很可能就在一个糖果店里，遇到了一个绝色的希腊少女；这个少女身边跟着一个神秘古怪的凶狠的老头子。年轻人第一眼就爱上了这个少女；她那么可怜巴巴地看着他，好像在央求他解救她……他离开了片刻，再回到糖果店，已经找不到那个少女和老头子了；年轻人急忙去找她，不断地发现他们刚刚留下的踪迹，追赶他们，可是不管用什么方式、在任何地方也始终没能追上他们。美人儿永远从他眼前消失了，可他却不能忘记她那哀求的目光，他苦恼着，心想他一生的全部幸福也许永远失之交臂了……

霍夫曼的小说未必是这么结束的，可是留在杰玛的记忆中的却是这个样子。

“我觉得，”她说，“世界上像这样的相会和这样的分手比我们想象的要多得多。”

萨宁没有吱声……过了一会儿，他谈起了……克吕贝尔先生。他第一次提到他；在这一瞬间之前，他一次也没想到过他。

杰玛没有吱声，轻轻地咬着食指的指甲儿，向旁边凝视着，陷入了沉思。后来她夸了夸自己的未婚夫，提了提他安排的明天的郊游，迅速地瞥了萨宁一眼，又沉默起来。

萨宁不知谈什么好了。

埃米利毛手毛脚地跑进屋来，把莱诺雷太太惊醒了……萨宁对他的出现感到高兴。

莱诺雷太太从圈椅上站了起来。潘塔莱奥内进来，说午饭已准备好了。家里的朋友、从前的歌唱家和现在的仆人竟还担任厨师的职务。

十三

萨宁午饭后也没有走。不放他走的借口仍然是天气热得可怕——等暑气消退了以后，主人请他到花园去，在金合欢的树荫里喝咖啡。他同意了。他的心情很好。在单调而平静的生活之流里蕴含着极大的美，他尽情地享受着这种美，既对今天没有任何特殊要求，也不考虑明天，不回想昨天。呆在杰玛这样一个少女身边够多幸福啊！他很快就要同她分手，也许永远不会再相见了；可是在像乌兰德一首情歌[①]里描写的那样的一叶扁舟载着他俩在平静的生活之流里荡漾的时候，高兴吧，享受吧，旅游者！这个幸福的旅游者觉得一切都是愉快的，亲切的。莱诺雷太太提议要他和潘塔莱奥内陪她一起玩特列斯得牌[②]，她把意大利这种不复杂的纸牌玩法教会了他，赢了他几个克里泽——他很惬意。潘塔莱奥内接受埃米利的请求，让那条狮子狗表演了它的各种本领——跳了横杆，“讲了话”，也就是说叫了几声、打了几个喷嚏，用鼻子关上了门，把主人的一只旧拖鞋叼了来，最后是头上戴了一顶旧高筒军帽，扮演因为叛变而受到拿破仑皇帝无情斥责的贝尔纳多特

① 乌兰德（1787—1862），德国诗人。这里指的是他的组诗《Romanzen》中的那首《Das Schifflein》（小舟）。这首诗，屠格涅夫在这部小说的第 25 章又提了一次。

② 意大利的一种纸牌玩法。

元帅[①]。拿破仑当然由潘塔莱奥内来扮演——他演得很像：他把两臂交叉抱在胸前，三角帽扣在眼睛上，用粗鲁而激烈的腔调讲着法国话，可是，上帝，他讲的是什么法国话啊！狮子狗把身子缩成一团，夹着尾巴，在歪戴着的高筒军帽的帽遮下边惶恐地转动着眼珠，眯缝着眼，坐在自己的君主面前；当拿破仑提高嗓门儿的时候，贝尔纳多特元帅就不断地用后腿站起来。"Fuori，traditore[②]！"拿破仑终于喊了起来，他气得忘了应当把自己的法国性格坚持始终，贝尔纳多特元帅慌忙钻到了沙发底下，不过立即就跳出来快活地叫起来，好像叫大家知道表演结束了。观众全都笑得很厉害——萨宁笑得最厉害。

杰玛的笑声特别可爱，她是不停地轻轻地笑着，中间夹着短短的极逗人的尖叫……萨宁被这笑声陶醉了——他真想为这逗人的尖叫吻她几下！

夜幕降临。应该告辞了！萨宁跟每个人都告别了几次，说了几次"明天见！"（他甚至吻了吻埃米利），回饭店去了，心里带着这个少女的形象，——她一会儿笑，一会儿沉思，一会

① 贝尔纳多特（1763—1844），拿破仑麾下的一个元帅，一八一〇年在拿破仑支持下被选为瑞典王位继承人和摄政王，后采取反法立场，一八一三年参加反法军事行动，一八一八年成为瑞典国王，号查理十四。

② 法语：滚，叛徒！

儿安静甚至冷漠，可她总是那么迷人！她的眼睛一会儿睁得大大的，明朗而快活，像白昼；一会儿被睫毛半遮着，深邃而幽暗，像黑夜。这两只眼睛总是显现在他眼前，奇怪而甜蜜地渗入了其他各种形象和想象之中。

关于克吕贝尔先生，关于使他滞留在法兰克福的原因，一句话，关于昨夜使他焦虑不安的一切，他一次也没有想过。

十四

不过应该稍微谈谈萨宁了。

首先，他的相貌是非常、非常不错的。身材匀称修长；脸上的线条柔和，招人喜欢；两只浅蓝的眼睛，充满了温存；头发金黄；皮肤白中透红；而主要的是那憨厚快活、信任坦率、初看起来有些傻气的神情，从前根据这种神情就能断定这是生长在俄国辽阔的半草原地带名门望族的公子，世家子弟，养尊处优的少爷；走路爱停，说话卷舌，你只要看他一眼，他就会露出孩子般的微笑……最后，还有朝气蓬勃、身体健壮，以及温柔，温柔，无限的温柔：这就是萨宁的全貌。其次，萨宁也并不蠢，有些学问。尽管在国外旅行，他仍然朝气蓬勃。当时使一些优秀青年惶惶不可终日的那种忧国忧民的情绪，他很少受到感染。

近来我国文学界在徒劳无益地探索了一阵“新人”之后，就开始描写一些青年决心无论如何要新鲜……像运到圣彼得堡来的弗伦斯堡牡蛎[1]一般新鲜……萨宁不像他们。如果要打比方的话，他更像刚刚移植到我国黑土地带果园里的一棵茁壮的、枝叶茂密的苹果树；或者更准确些说，他像旧时地主养马场里

① 指在德国石勒苏益格—荷尔斯泰因州沿岸所产的牡蛎，因该地区的牡蛎养殖场均由弗伦斯堡一家商行承租，故名。

的一匹经过精心饲养、毛色光滑、腿粗蹄壮、刚刚开始受到调教的稚嫩的三岁马驹……后来人们看到的萨宁已判若两人，因为那时他已饱经沧桑，青年时代的丰采早已荡然无存了。

第二天萨宁还躺在床上，埃米利就穿着节日盛装，头发上擦了很多头油，拿着手杖闯进他的房间里，宣布说克吕贝尔先生跟马车马上就到，说今天天气会非常好，说他们把什么都准备好了，说妈妈不去，她的头痛病又犯了。他催萨宁快些，说一分钟不能耽搁……果然，克吕贝尔先生到来的时候，他还在盥洗。克吕贝尔先生敲了敲门，进来鞠了一躬，弯了弯腰说等多久都可以，然后坐下来，把礼帽优雅地放在膝盖上。仪表堂堂的经理，今天着意打扮了一番，身上洒了不少香水：他的每个动作都伴随着一阵极为优雅的芬芳。他是乘一辆有四个座位的敞篷大马车来的，这辆马车用两匹马拉着，马虽不漂亮，却健壮高大。一刻钟以后，萨宁、克吕贝尔和埃米利就同坐这辆马车喜气洋洋地来到了糖果店门口。莱诺雷太太坚决不去参加这次郊游，杰玛想留下跟妈妈做伴，妈妈却像俗话说的硬赶着她去。

“我谁也不要，”莱诺雷太太说，“我要睡觉。我本想让潘塔莱奥内也跟去，可是没有人照管买卖呀。”

“可以带小狗去吗？” 埃米利问道。

“当然可以。”

小狗立即兴冲冲地爬到驭手座上坐下，舔起自己的身子来：显然这事对它来说已习以为常了。杰玛戴了一顶有褐色缎带的大草帽，前边的帽沿儿向下弯着，几乎使整个脸都受不到太阳照晒。阴影儿落到嘴唇上：两片嘴唇红红的，贞洁而娇嫩，像重瓣玫瑰的花瓣儿，牙齿在悄悄地闪着白光——也是贞洁的，像小孩子的牙齿一般。杰玛坐在后座上，靠着萨宁；克吕贝尔和埃米利坐在他们的对面儿。莱诺雷太太的苍白的面容出现在窗前，杰玛朝她摇了一下手帕——马车就出发了。

十五

索登是个小镇，离法兰克福只有半小时的路程。它地处陶努斯山支脉，风景优美，这里的矿泉水在我们俄国很有名，据说能治肺病。法兰克福人到索登来多半是为了寻开心，因为这里有一座漂亮的公园和各种“Wirtschaft[①]”，可以在高大的椴树和枫树的浓荫下喝啤酒和咖啡。从法兰克福去索登，走美因河右岸，沿途植满了果树。当马车静静地行驶在极好的公路上的时候，萨宁偷偷地观察着杰玛如何对待自己的未婚夫：他是第一次看到他俩在一起。她举止安详自然——不过比平时稍稍有些拘谨和严肃；他呢，看上去像一个允许自己和自己的学生都谦恭而有礼貌地享受一些乐趣的宽容的导师。萨宁没有看到他对杰玛的特殊照料，没有看到法国人所说的那种“empressement[②]”。显然，克吕贝尔先生认为此事既然大局已定,就没有理由再去费力劳心了。可是宽容的态度却随时可见！甚至午饭前沿着索登郊区林木葱郁的山地和峡谷作长途散步的时候，甚至欣赏大自然美景的时候，他对它，对大自然的美景，也抱着那种宽容态度，从这种宽容态度里有时就流露出他平常那种颐指气使的派头来。例如，他指责一条小溪，说它在

① 德语：小餐馆。
② 法语：殷勤。

洼地流得太直，应该拐几个好看的弯儿；对一种鸟儿——苍头燕雀——唱腔变化不够多样，他也不赞成！杰玛没有觉得寂寞，看来甚至感到了满足；可是，萨宁在杰玛身上却看不到从前那种样子了：这倒不是因为树荫遮到了她的脸上，她的美从来也没有像现在这样光彩照人，而是因为她把自己的心情掩饰起来了。她撑着阳伞，戴着手套，稳重地不慌不忙地走着——像有教养的姑娘散步那样，话很少。埃米利也感到拘谨，萨宁更是如此。谈话一直在用德语进行，这也使萨宁感到有些尴尬。只有小狗欢天喜地！它狂吠着追赶遇到的鹁鸟，跳过沟渠、树墩、瓦罐，纵身跳到水里，匆匆地舔着水，扑棱着，尖叫着，一会儿又把红色的舌头搭到肩膀上像箭一般飞跑起来！克吕贝尔先生从自己这一方面尽力做到了他认为为了使大家开心应做的一切：他请大家坐到一棵枝叶茂密的大橡树的浓荫下面，从上衣侧兜里掏出一本小书，书名是：《Knallerbsen – oder du sollst und wirst lachen！》[1]，便念起逗乐的笑话来，这种笑话书中有的是。念了十二三则，可是大家并未感到多么好笑；只有萨宁出于礼貌，咧了咧嘴，再就是他自己，每念完一则笑话，便发出一阵

① 德语：《爆竹——又名你一定会笑！》。

短促的、例行公事式的仍然含着宽容意味的笑声。十二点，一行四人回到了索登镇内，进了当地一家最好的饭店。

要安排吃午饭了。

克吕贝尔先生提议这顿午饭在一个四面有遮拦的小亭子里——（im Gartensalon）吃；可是杰玛却突然反抗起来，声称这顿饭一定要在饭店前边花园里露天摆着的那些餐桌中间选个地方吃，她说总是看同一些脸已看腻了，她想看到另一些脸。有些餐桌旁边已经坐上了新来的客人。

克吕贝尔先生宽容地服从了“未婚妻的任性”，去跟侍役长商量去了，杰玛低垂着两眼，咬着嘴唇，站在那里一动不动：她感觉到萨宁在目不转睛地而且好像还用疑问的眼光盯着她——看来，这把她惹恼了。克吕贝尔先生终于回来宣布说，半个小时以后午饭就好，他提议饭前玩一会儿九柱戏，他补充说这对增进食欲是很好的，嘿，嘿，嘿！九柱戏，他玩得很熟练；扔球的时候，他的姿势矫健得令人惊奇，肌肉漂亮地颤动着，一只脚漂亮地摇动着，跺着。他简直是个运动员。身材也很好！他的手也那么白，那么漂亮，他擦手的手帕也那么名贵，是金黄色的印度花绸手帕！

吃饭的时候到了——四个人围着一张小桌坐了下来。

十六

有谁不知道德国午餐是什么样子呢？一碗稀汤，里面有些疙里疙瘩的面丸子和肉桂；一盘煮牛肉，干得像软木塞，带着白色的肥肉，配上一些黏糊糊的土豆，松软的甜萝卜和发皱的洋姜；一条发青的鳗鱼，浇着刺山柑花芽和醋；一盘烤肉，带果酱；一定还有“Mehlspeise”，一种像布丁的东西，浇着酸溜溜的红色调味汁；不过葡萄酒和啤酒却没有比的！索登的饭店就是用这种午餐款待自己的顾客。不过这顿饭是顺利地吃完了。的确，没有出现特别热闹的场面；甚至在克吕贝尔先生提议为“我们之所爱”（Was wir lieben！）干杯的时候，也没有出现过。一切举止都是太恭谨，太有礼貌了。午餐以后，端上来咖啡，淡淡的，红褐色，地道的德国咖啡。克吕贝尔先生作为一个无可挑剔的男友，请杰玛允许他吸一支雪茄……可是这时突然发生了一件没有预料到而且也确实令人不愉快——甚至不体面的事情！

邻近一张餐桌旁边坐着美因茨卫戍部队的几个军官。根据他们的目光和低语的神态可以很容易地猜到是杰玛的美貌使他们感到惊讶。军官中有一个人大概曾经到过法兰克福，他不断地端详杰玛，像端详一个很熟悉的人似的：显然，他知道杰玛的来历。他突然站了起来，端着酒杯——军官先生们已经喝了很多了，面前的桌子上摆满了酒瓶子——朝杰玛坐的这张餐桌走来。这人很年轻，浅色头发，脸庞相当可爱，甚至能够给人好感；可是喝酒太多使他变得难看了：脸腮抽搐着，两眼发红，目光游移，流露着肆无忌惮的神气。伙伴们起初想拦住他，可是后来把他放了：他们想随他去吧，能有什么了不起的事呢？

这个军官停在杰玛面前，微微晃动着身子，用一种做作的刺耳声音（这声音违反他的意志显示出他内心在进行斗争）喊道："我为全法兰克福、全世界最美丽的咖啡女郎干杯（他一口把杯干了），作为报酬，我要拿走她那纤纤玉手采摘的这朵小花儿！"他从餐桌上拿起了放在杰玛餐具前边的玫瑰。杰玛起初感到奇怪，震惊，脸色白得可怕……后来震惊变成了愤怒，她突然满脸通红，一直红到耳根，两眼逼视着侮辱她的人，目光一亮一亮地闪动着，燃起了不可遏制的愤怒火焰。军官大概被这种目光逼得发慌了，便含含混混地嘟囔了句什么，鞠了一躬，回到自己的同伴那里去了。他的同伴用笑声和轻轻的掌声迎接了他。

克吕贝尔先生突然从椅子上站起来，挺直了身子，戴上帽子，用尊严的但却不太大的声音说："这真是闻所未闻！闻所未闻的无礼行为！"（Unerhört！ Unerhörte Frechheit！），接着便马上疾言厉色地把侍役叫过来，要求立即结账……而且吩咐套车，同时并补充说他们这地方体面人不能来，因为体面人会受到侮辱！杰玛继续坐在那里一动不动，她的胸脯剧烈地起伏着，克吕贝尔先生说这番话的时候，她就把目光移到克吕贝尔先生身上……也是那么目不转睛地瞪着他，像方才瞪那个军官一样。埃米利气得浑身直哆嗦。

“起来吧，我的小姐，”克吕贝尔先生说话仍然那么疾言厉色，“您在这里再呆下去就有失身份了。我们到那边饭店里去吧。”

杰玛默默地站了起来，他把胳膊弯着伸给了她，她把自己的胳膊挎到他的胳膊上，——他便迈着庄重的步伐朝那座饭店走去，离方才吃午饭的地方越远，他的步伐跟神态一样，便越庄重越傲慢。可怜的埃米利拖着沉重的步子跟在他们后边。

可是在克吕贝尔先生跟侍役结账的时候（他一文钱小费也未给，以示惩罚），萨宁快步走到军官们坐的那张餐桌旁边，朝着侮辱杰玛的那个军官（他这时正在让同伴们轮流闻着杰玛的那朵玫瑰的香味），用法语清清楚楚地说：

“亲爱的先生，您刚才的行为有愧于一个正派人的身份，有愧于您穿的这身制服，——我是来告诉您：您是一个教养极坏的无赖！”

年轻的军官跳了起来，可是另一个岁数大一些的军官用手势止住了他，要他坐下，然后转身对着萨宁，也用法语问他：

“怎么，你是那个姑娘的亲戚，哥哥还是未婚夫？”

“我跟她非亲非故，”萨宁喊道，“我是俄国人，可是我看到这种无礼行为不能无动于衷；不过，这是我的名片和住址，军官先生可以找到我。”

说罢，萨宁便把自己的名片扔到餐桌上，同时麻利地抓起了杰玛的那朵玫瑰（那朵玫瑰当时被在座的一个军官放在自己面前的盘子里）。那位年轻的军官又想从座位上跳起来，可是他的同伴又止住了他，跟他说了句：“登霍夫，安静些！”（Dönhof，sei still）。随后，他那个同伴自己站了起来，把手举到帽遮旁边，用略带几分敬重的声音和方式对萨宁说明天他们团的一位军官将有幸去他的住处拜访他。萨宁微微鞠了一躬，便匆忙回到了自己朋友的身边。

克吕贝尔先生假装根本没有看到萨宁离开，也没有看到他跟军官先生们谈话；他只是催着车夫快把马套好，对车夫动作缓慢十分生气。杰玛也没有跟萨宁说什么，甚至没有看他一眼：从她皱起的眉头上，从她紧闭的苍白的嘴唇上，从她一动不动的神态上可以看出她心情不好。只有埃米利明显地想跟萨宁谈谈，想问问他：他看到萨宁向军官们走去，看到他扔给了他们一样白色的东西——纸片，便条或者是名片……可怜的孩子心在跳，脸在发烧，他想扑过去搂住萨宁的脖颈，想大哭一场，想立即跟萨宁一起去把那些讨厌的军官打个落花流水！可是他忍住了，只是注意地观察着自己这位高尚的俄国朋友的一举一动。

车夫终于把马套好了；大家都上了车。埃米利跟着小狗爬到了驭手座上；他在那里宽敞些，而且也不会总看到克吕贝尔；看到克吕贝尔，他心里就不痛快。

一路上克吕贝尔先生不停地发着议论……只他一人在发议论；任何人，任何人也没有反驳他，可是任何人也没赞同他。他特别强调他提议在有遮拦的小亭子里进餐时大家不该不听他的话。那样的话，任何不愉快都不会发生了！后来他又发表了几句激烈的甚至是自由主义的议论，说政府不可原谅地放纵军官，不抓军官纪律，不够尊重平民百姓（das bürgerliche Element in der Sozietät！），长此以往，不满情绪就会滋长，这样就离革命不远了，可悲的例子（说到这里，他同情而声色俱厉地叹了口气），可悲的例子就是法国！不过，说罢，他立即补充了一句，说他本人对当局是尊重的，永远……永远！……不会成为革命者，——不过看到这种放纵行为不能不表示自己的……不赞成的态度！后来，他又发表了几句关于道德和不道德、关于礼貌和自尊心的一般性议论！

杰玛在午饭前散步的时候已显得对克吕贝尔先生不十分满意，因此她跟萨宁保持了一定的距离，好像因萨宁在场而感到不好意思，在克吕贝尔先生发表上述“议论”的时候，杰玛显然为自己的未婚夫感到羞愧了！旅途快结束的时候，她感到十分痛苦，虽然仍然没有跟萨宁说话，但却突然向他投去了祈求的目光……萨宁呢，心里对杰玛的可怜远远超过了对克吕贝尔先生的愤慨；他甚至暗暗地有意无意地对今天一天发生的一切感到高兴，虽然明天早晨可能被叫去决斗。

这次令人难受的 partie de plaisir [①]终于结束了。在糖果店门前扶着杰玛下车的时候，萨宁一句话也没有说，只是把取回的玫瑰放到了她的手里。她脸一红，紧紧握了他的手一下，立即把玫瑰藏了起来。他没有想进屋，虽然天刚刚黑。杰玛也没有邀请他。而且出现在台阶上的潘塔莱奥内也宣称莱诺雷太太在

① 法语：郊游。

睡觉。埃米利腼腆地跟萨宁告了别，他好像不好意思接近他：萨宁太使他惊讶了。克吕贝尔驱车把萨宁送到他下榻的旅馆，礼貌周到地跟他鞠躬告别。这个循规蹈矩的德国人，虽然十分自信，也感到了不自然。是的，大家也都感到了不自然。

不过，这种感觉——不自然的感觉——在萨宁身上很快就消散了。这种感觉被一种模糊然而愉快甚至兴奋的心情所取代了。他在屋里来回踱着，什么也不愿去想，吹了一阵子口哨——他很得意。

十七

第二天早晨盥洗的时候，他想："等军官等到上午十点，再不来就让他们到处找我去好了！"可是德国人都起床早，九点还不到，茶房就来报告说少尉（der Herr Seconde Lieutenant）封·里赫特先生求见。萨宁连忙披上常礼服，说了一声"请"。里赫特先生跟萨宁的预料相反，是个极为年轻的人，几乎是个孩子。他努力使自己没有胡子的脸带上老成的表情，可是他丝毫没有做到这点：他连自己的局促不安的心情也未能掩饰住，往椅上坐的时候，险些没被腰刀绊倒。他结结巴巴地用蹩脚的法语对萨宁说他是受自己的朋友封·登霍夫男爵的委托来的，说委托的内容是要求封·扎（萨）宁先生对昨天所使用的侮辱性言词道歉，说如果封·扎（萨）宁先生拒绝，封·登霍夫男爵就希望决斗。萨宁回答说他不准备道歉，愿意决斗。于是封·里赫特先生便仍然结结巴巴地问：他里赫特在何时何地同何人进行必要的谈判。萨宁回答说他可以两个来小时以后到这里来；在这之前，他萨宁将努力找到一个决斗的证人。（这时他心里想道："见鬼，我找谁当证人呢？"）封·里赫特先生站起身来，开始告别……可是走到门口就停下来了，好像感到良心的谴责，——转身对萨宁说，他的朋友封·登霍夫男爵并不讳言……在某种程度上……在昨天事件中自己有过错，因此只要得到略微道歉——"des exghizes léchères[①]"就会感到满意。萨宁的答复是任何道歉，不管是郑重的还是略微的，他都不准备做，因为他不认为自己有过错。

"这样，"封·里赫特说（他的脸更红了），"就只好交换友好的射击了——des goups de bisdolet à l'amiaple！[②]"

"这话我就完全不明白了，"萨宁问道，"您是说我们要朝天开枪吗？"

"噢，不对，不是这个意思，"十分尴尬的少尉含糊其辞地说，"不过，我认为，既然双方都是体面人……我跟您的证人谈吧。"他打断了自己的话就走了。

少尉一出去，萨宁就坐到椅子上，两眼盯着地板。"这是怎么回事呢？生活怎么会一下子变成这样？过去的一切，未来的一切，突然全模糊了，消失了，只剩下了我在法兰克福为了一件事要跟某人决斗了。"他想起了他的一个精神失常的姨妈常常一边跳舞，一边唱着：

少尉，少尉！

① 法语：略微道歉。（正确的法语应是：des excuses légères.）
② 法语：交换友好的射击。（正确的法语应是：des coups des pistolet à l'aimable.）

我的宝贝儿！

快些过来呀，

跟我跳一会儿！

他纵声大笑了一阵，然后学着她的腔调唱道："少尉，少尉！我的宝贝儿！快些过来呀，跟我跳一会儿！"

"不过必须行动，不能浪费时间了！"他大声喊罢，跳起来，一抬头看到潘塔莱奥内拿着一封信站在眼前。

"我敲了几下门，您没有吱声；我还以为您不在屋里呢，"老人说完就把信递给了他，"是杰玛小姐要我送来的。"

萨宁机械地接过信来，拆开读了一遍。杰玛在信里说她对他所知道的那件事甚感不安，想立即见到他。

"小姐不放心，"潘塔莱奥内开始说，他显然已经知道信的内容了，"她吩咐我看看您在做什么，并带您去见她。"

萨宁看了意大利老人一眼，便寻思起来。他的脑海里突然闪现了一个念头。在最初的瞬间，他觉得这个念头太荒唐了……

"不过……为什么不行呢？"他问了自己一句。

"潘塔莱奥内先生！"他高声喊道。

老人精神一振，下巴埋在领结里，眼睛盯着萨宁。

“您知道，”萨宁接着说，“昨天发生什么事情了吗？”

潘塔莱奥内咬了咬嘴唇，甩了一下满头乱发。

“知道。”

（埃米利一回家，就把一切都告诉他了。）

“啊！您知道！好，那就这么办吧。有个军官刚从我的屋里出去。那个无赖要跟我决斗。我已经接受了他的挑战。可是我没有证人。您愿意做我的证人吗？”

潘塔莱奥内哆嗦了一下，眉毛扬得那么高，竟扬到下垂的头发里了。

“您一定要决斗吗？”他终于用意大利语问道；在此刻之前，他一直是用法语的。

“一定。否则就会使自己永远蒙受耻辱。”

“嗯。要是我不同意当您的证人呢，您会去找别人吗？”

“会的……一定会的。”

潘塔莱奥内低下了头。

“不过，德·扎尼尼[①]先生，请问，您的决斗不会使一位女士的声誉蒙上一些不利的阴影吗？”

① 潘塔莱奥内把萨宁这个俄国姓改成了意大利姓。

“我认为不会。不过无论如何必须决斗了——没有办法。”

“嗯。”潘塔莱奥内下巴完全埋进领结里去了，“可是那个费罗弗卢克托·克卢贝里奥[①]呢，他怎么啦？”他突然喊了一句，仰起了脸。

“他吗？没怎么。”

“哼！”潘塔莱奥内蔑视地耸了耸肩膀，“无论如何，我应当感谢您，”他终于用颤抖的声音说，“尽管我现在地位卑微，您仍然认为我是一个体面人——un galant’uomo！您这样做，表明您自己是一个真正的galant’uomo。不过，您的提议，我需要考虑一下。”

“时间很紧哪，亲爱的契……契帕……”

“托拉[②]，”老人提示说，“我只请求考虑一个小时。这里牵涉到我的恩人的女儿……因此，我应当，我有责任——想一想！！……一小时以后……三刻钟以后——您会知道我的决定的。”

“好吧；我等着。”

① 费罗弗卢克托，德语和意大利语的混合译音：可恶的；克卢贝里奥，即克吕贝尔。

② 契帕托拉，系潘塔莱奥内的姓。

“可现在……我怎么回去跟杰玛小姐说呢？”

萨宁拿过一张纸来写道：“请放心，我的好友。三个来小时以后，我去见您——一切都会解释清楚。衷心感谢您的关怀。”写完就把这张纸条交给了潘塔莱奥内。

潘塔莱奥内仔细地把它放进衣服侧兜里，又重复了一句“一小时以后见！”便朝门口走去；他突然转过身来，跑到萨宁跟前，抓起他的一只手，贴到自己的胸口，抬眼望天，喊道：

“高尚的青年！伟大的心灵！（Nobil giovanotto！ Gran cuore！）——请允许一个衰弱的老人（a un vecchiotto！）握一握您这只勇敢的手！（la vostra valorosa destra！）”然后稍微向后跳了一下，摆了一下双手，就走了。

萨宁看了看他的背影……便拿起报纸读起来。不过他的目光却徒然在字行上溜着：他什么也没有看明白。

十八

一小时以后，茶房又进屋交给萨宁一张弄脏了的旧名片，上面印着：“潘塔莱奥内·契帕托拉，瓦雷泽人，摩德纳大公殿下的宫廷歌唱家（cantante di camera）”；在茶房后边，潘塔莱奥内本人也进来了。他的衣着打扮儿从头到脚都换过了。他穿着一件褪成红褐色的黑燕尾服，里面是白凸纹布坎肩，坎肩上挂着一条黄铜表链，绕成一个别致的花样，上边系的一个沉甸甸的光玉髓小图章低低地垂到他瘦小的紧身黑裤上。他右手拿着一顶黑呢帽，左手拿着一副肥大的麂皮手套。领结打得比平时又大又高，在浆得硬硬的衬衣领子上扣了一枚别针，别针上嵌着一块被称为“猫儿眼”（oeil de chat）的宝石。右手食指上戴着一个漂亮的戒指，上边的图案是两只手掌捧着一颗燃烧的心。老人浑身散发着一股许久未穿的衣服的气味，即樟脑和麝香的气味；他那殚思竭虑、郑重其事的神态能使最冷漠的观众感到惊讶！萨宁迎着他站了起来。

“我当您的证人，”潘塔莱奥内像舞蹈演员似的两脚前后叉开，深深鞠了一躬，用法语说，“我来听您的吩咐。您希望往死里打吗？”

“为什么要往死里打呢，亲爱的契帕托拉先生！我无论如何决不收回我昨天说过的话，可是我不是杀人魔王！……请等一等，对方的证人马上就到。我到里屋去，您跟他谈条件。请相信，我永远不忘您的帮助，衷心感谢您。”

“名誉高于一切！”潘塔莱奥内答罢，没等萨宁请他坐就坐下了，“要是这个费罗弗卢克托·斯皮切布比奥，”他用法语夹杂着意大利语说，“要是这个小商贩克卢贝里奥不懂得应尽的义务或者是个胆小鬼的话，那他就更糟！……一文不值的小人一个！……至于决斗条件呢，我是您的证人，您的利益对我是神圣的！！……我住在帕多瓦的时候，那里曾驻扎过一个白龙骑兵团，我跟许多军官都很近乎！……他们的各种规矩，我都很清楚。我同贵国的塔尔布斯基亲王也常谈论这种问题……那个证人该快来了吧？”

“他马上就会到——瞧，他来啦。”萨宁朝街上看了一眼，补充说。

潘塔莱奥内站起来，看了看表，拢了一下头发，急忙把裤腿下边悠荡着的一根小带子塞进鞋里。年轻的少尉进来了，仍然是腼腆地红着脸。

萨宁介绍两位证人互相认识。

“Monsieur Richter，souslieutenant！[1]—Monsieur Zippatola，

① 法语：里赫特先生，少尉！

artiste！[1]”

看到老人的模样，少尉微微有些吃惊……啊，如果这时有人偷偷告诉他，说给他介绍的这个“艺术家”还同时从事烹饪艺术的话，那他会说什么呢！……可是潘塔莱奥内这时做出来的样子，好像参与安排决斗对他来说是最平常的事：大概是舞台生涯的回忆在这里帮了他的忙——他正是把证人当作角色来扮演的。他和少尉都稍稍沉默了一会儿。

“怎么？开始吧！”潘塔莱奥内玩着光玉髓小图章，先说了一句。

“开始，”少尉答道，“不过……当事人一方在场……”

“我马上离开，先生们！”萨宁说完，鞠了一躬，走进卧室，随手锁上了门。

他扑到床上，开始想起杰玛来……不过两个证人的谈判还是透过锁着的房门传了进来。谈判是用法语进行的。他们两人各用各的方式无情地作践着法语。潘塔莱奥内又提起了帕多瓦的龙骑兵、塔尔布斯基亲王；少尉就提“exghizes léchères”和“goups à l’amiaple”。可是老人听也不想听什么 exghizes！令

① 法语：契帕托拉先生，艺术家！

萨宁大吃一惊的是，他突然向对方谈论起一个年轻无辜的姑娘来，说这姑娘的一个小指的价值超过世界上所有的军官……（oune zeune damigella innoucenta，qu'a ella sola dans soun péti doa vale piu que toutt le zouffissié del mondo！），激动地一连重复了好几次："这是耻辱！这是耻辱！"（E ouna onta，ouna onta！）。起初少尉没有反驳他，可是后来这个年轻人的声音却愤怒得颤起来了，说他不是来听道德说教的……

"您这个年龄听听正义的言论总是有益处的！"潘塔莱奥内喊道。

两位证人在辩论的过程中很激烈地吵了几次，辩论持续了一个多小时，终于达成如下协议："登霍夫男爵和萨宁先生明天上午十时在哈瑙附近的一座小树林里相距二十步互相射击；每人有权根据证人的信号射击两次；使用不带扳机加速器和无来复线的手枪。"里赫特先生走了，潘塔莱奥内庄严地打开了卧室的房门，通报了商谈的结果以后，又喊道："Bravo，Russo！Bravo，giovanotto！[①]你会成为胜利者！"

几分钟之后，他俩一同动身到罗塞利糖果店去。萨宁事先

① 意大利语：好，俄国人！好，年轻人！

要潘塔莱奥内保证对决斗一事严守秘密。老人的答复是举起了一根手指，眯缝着眼睛，连续低声说了两次："Segredezza！[1]"他明显地变年轻了，甚至走路也潇洒些了。这些不寻常、尽管也是不愉快的事件生动地使他回到了往昔的时代，那时他自己也曾要求过别人决斗，也接受过别人决斗的要求——固然，那是在舞台上。大家知道，男中音们演的总是很好斗的角色。

① 意大利语：秘密！

十九

埃米利跑出来迎接萨宁——他等萨宁已等了一个多小时了——并匆匆忙忙地对着萨宁的耳朵悄悄说，昨天发生的不愉快妈妈丝毫不知道，连暗示也不应向她暗示，说又打发他去商店！！可是他不去，要躲到什么地方！在几秒钟之内把这一切讲完之后，他突然扑到萨宁肩上，狂吻了萨宁一下，便沿着大街向远处跑去。在糖果店里，迎接萨宁的是杰玛，她想说什么，可是没说出来。她的嘴唇微微哆嗦着，两眼眯缝起来，直朝旁边看。萨宁急忙安慰她，向她保证问题全部解决了……不值一提。

“今天没有什么人到您那里去吗？”她问。

“有一个人来过——我们谈完了——我们……得出了一个最满意的结果。”

杰玛回到了柜台里边。

“她不信我的话！”他心想……不过他仍然到里屋去了，在那儿看到了莱诺雷太太。

她的偏头痛已经好了，可是心情忧郁。她高兴地对他微笑了一下，不过同时却警告他，说他今天跟她一起会感到无聊的，因为她没有心思陪他闲谈。他坐到她身边，看到她眼皮红肿。

“您怎么啦，莱诺雷太太？您莫非哭过？”

“嘘……”她低声嘘了一下，用头指了指女儿所在的外屋，“这个……别大声谈。”

“可您为什么哭呢？”

“咳，萨宁先生，我自己也不知道为什么！”

“没有谁使您伤心吗？”

“没有！……我突然觉得很苦闷。想起了故去的丈夫……自己的青年时代……这一切都飞快地逝去了。我老啦，我的朋友，——这是我无论如何不能甘心的。我觉得自己仍然像从前一样……可是老了——瞧，老了……老了！”莱诺雷太太的眼里出现了泪花儿，“我看得出来，您瞧着我，感到奇怪……可是您也会老的，我的朋友，您会知道这多痛苦！”

萨宁开始安慰她，提到她的孩子，说她的青春在他们身上复活了，甚至想开个小玩笑，说她一定是想让人家恭维……可是她却认真地请他“别说了”，萨宁这才第一次相信：这种忧郁，意识到老境已至的忧郁是任何话语也安慰不了，驱散不了的；必须等着这种心情自行消失。他请她一起玩纸牌——他再也想不出更好的消愁解闷的办法了。她立即同意了——好像快活了一些。

萨宁午饭前和午饭后都是陪她玩纸牌。潘塔莱奥内也参加了。他的头发从来也没有那么低地垂到前额上，他的下巴从来也没有那么深地埋到领结里！他的一举一动都显得那么凝重，看着他的时候，使人不由得想问：这个人这么坚毅地保守着一个什么秘密呢？

可是——segredezza！ segredezza！

他这一天始终都是千方百计地努力向萨宁表示最深切的敬意；吃饭的时候，他庄重而坚决地越过女主人们，先给萨宁上菜；玩牌的时候，他把补进的牌让给萨宁，不让他得分不足；常常无缘无故地声称：俄国人是世界上最宽厚、最勇敢、最刚毅的民族！

“哎呀，你这个老演员！”萨宁心里想道。

莱诺雷太太的心情突然变得忧郁固然使他感到奇怪，然而她的女儿对他的态度更使他感到奇怪。她不是躲避他……相反，她总是坐在离他不远的地方听他跟别人谈话，看着他，可是丝毫不愿跟他交谈，他一张嘴跟她说话，她就悄悄地站起来，悄悄地离开一会儿。随后她又回来，又坐在一个角落里——坐在那里一动不动，好像在思索和猜疑……主要是在猜疑。莱诺雷太太终于注意到了她的举止反常，问了她两三次：怎么啦？

“没有什么，”杰玛答道，“你知道，我有时就这样嘛。”

“倒也是。”母亲同意地说。

这漫长的一天就这么过去了，既不热闹也不枯燥，既不快活也不寂寞。如果杰玛的态度不是这样的话，萨宁……谁知道呢？兴许会忍不住稍稍炫耀一下——或者在这可能是永别之前的时刻感到忧伤……可是，由于他连一次也未能同杰玛交谈，所以他只能在喝晚咖啡前的一刻钟在钢琴上弹了几曲小调和弦。

埃米利很晚才回来，为了避免人们问起克吕贝尔先生来，他很快就走开了。现在萨宁也该走了。

萨宁开始跟杰玛告别。不知为什么他想起了《奥涅金》①里连斯基跟奥丽加告别的场面。他紧紧地握了一下她的手，并企图朝她脸上看一眼，可是她却微微地转过身去，抽出了自己的手指。

① 俄国诗人普希金的诗体小说。

二十

萨宁走到门口台阶上的时候，天空已布满了星星。有多少星星啊，大的，小的，黄的，红的，蓝的，白的！所有的星星都争先恐后地闪着光芒。天上没有月亮，可是即使没有月光，在半明半暗的没有阴影的薄暮中，各种东西的轮廓也都看得很清楚。萨宁沿着大街走到了尽头……他不想马上回旅馆；他觉得需要在清新的空气里走一走。他往回走的时候，还没走到罗塞利糖果店门口，一扇临街的窗户突然响了一下，打开了——在黑洞洞的方形窗口里（屋里没有灯亮），出现了一个女人的身影，他听到有人在叫他：

“Monsieur Dimitri！①”

他马上向窗口跑去……是杰玛！

杰玛臂肘支在窗台上，身子向前探着。

“Monsieur Dimitri！”她小心翼翼地压低声音说，“我今天一整天都想给您一件东西……可是一直犹疑；现在意外地又看到了您，我想，看来这是命中注定……”

杰玛说到这里不由自主地停下了。她无法继续说下去：在这一刹那发生了一个异常情况。

① 法语：德米特里先生！

刚刚还万籁俱寂、晴空万里，可是这时却突然刮来了一阵旋风，脚下的大地好像颤动起来，微弱的星光抖动着倾泻下来，空气卷成了一团。这阵旋风不凉，是温暖的，几乎可以说是热的，敲打着树木，房顶，墙壁，街道；一下子刮跑了萨宁头上的帽子，杰玛黑色的鬈发被刮得飘动着。萨宁的头跟窗台一般高，他不由自主地贴到窗台上，杰玛便用双手抓住了他的两肩，胸脯靠到了他的头上。轰响呼啸持续了近一分钟……狂暴的旋风像一群巨鸟飞过去了……接着又是万籁俱寂。

萨宁抬起头来，看到面前这张吃惊的激动的俊美脸蛋儿，看到那充满恐怖神色的灵秀的大眼睛——看到杰玛这么美，他愣住了，低下头去用嘴唇亲吻落到他胸前的细细的一绺秀发，他嘴里只能说：

“啊，杰玛！”

“方才是怎么回事儿？是闪电吗？”她问道，她睁大眼睛四处看着，没有把裸露的双臂从萨宁肩上缩回来。

“杰玛！”萨宁又叫了一声。

杰玛叹了口气，回头朝屋里看了一眼，便麻利地从腰带里抽出一朵已经枯萎的玫瑰，扔给了萨宁。

“我想把这枝花儿给您……”

他认出来那是他昨天夺回来的那朵玫瑰……

可是窗户已经砰的一声关上了，在幽暗的玻璃后边什么也看不到，什么白影儿也没有了。

萨宁光着头回到了旅馆……他没有发觉帽子丢了。

二十一

直到天快亮的时候，他才入睡。这也不奇怪！在那突然刮来的夏天旋风袭击之下，他几乎也突然间产生了一种感觉——不是感到杰玛是美人儿，不是感到他喜欢她——这他早就知道……而是感到他几乎……爱上她了！爱情像那旋风一样突然降临到他的身上。可是这时却面临着这场愚蠢的决斗！悲伤的预感开始折磨他。好吧，就算他不会被打死……他对这个姑娘、对别人的未婚妻的爱情会有什么结果呢？甚至可以说这个“别人”对他来说并不危险，杰玛会爱他或者说已经爱上了他……这会有什么结果呢？怎么会有什么结果？这样一个美人……

他在屋里来回踱了一阵，在桌前坐下，拿起了一张纸，划拉了几行字——马上就涂掉了……他想起了在星光下看到的杰玛在幽暗的窗里被和煦的旋风吹得袅娜多姿的奇妙的身影；想起了她那大理石般的手臂跟奥林普斯山上女神的手臂一样，又觉得那两只手臂仿佛仍然放在自己的双肩上……后来，他拿起了扔给他的那朵玫瑰——他觉得那半枯干的花瓣上散发着不同于通常玫瑰香味的更加清馨的芳香。

“万一他被打死或打残废了呢？”

他没有上床——就这样和衣倒在沙发上睡着了。

有人拍了拍他的肩膀……

他睁开眼睛，看到是潘塔莱奥内。

“睡得像巴比伦会战前夕马其顿国王亚历山大大帝[①]一样！”老人喊道。

“几点啦？”萨宁问道。

“差一刻七点；到哈瑙坐车要两个小时，我们应该先到。俄国人总是赶在敌人前边。我雇了一辆法兰克福最好的马车！”

萨宁开始盥洗。

“手枪呢？”

“手枪由那个费罗弗卢克托·特德斯科带去。他还要带个医生去。”

潘塔莱奥内跟昨天一样显得精神抖擞；可是当他跟萨宁一起上了马车，当车夫打了一个响鞭儿，马跑起来的时候，从前的歌手和帕多瓦白龙骑兵们的朋友却突然变了。他犹豫起来，甚至可以说是胆怯了。他的内心里好像有一样什么东西跟一堵砌歪的墙似的倒塌了。

① 古代史学家说，亚历山大大帝（公元前356—前323）纪元前三三一年同波斯王大流士在巴比伦决战前夕曾睡得非常香甜，他的将领对此颇感惊讶。他解释说是必胜信念使他心境坦然。这次会战果然以波斯军的惨败而告终。

"我们在干什么呀，我的上帝，santissima Madonna！[1]"他突然用尖细的嗓门儿喊了一声，然后抓起了自己的头发，"我是在干什么呀，我这个老糊涂，疯子，——frenetico！[2]"

萨宁感到惊讶，笑了，轻轻地抱着潘塔莱奥内的腰，对他说了一句法国谚语："Le vin est tiré——il faut le boire.[3]"（相当于俄语中的"既已答应，别说不行"。）

"是的，是的，"老人答道，"这杯酒，我们应喝下去，——不过我的确是糊涂！我——糊涂！一切都那么平静，那么好……可突然：嗒，嗒，嗒，特拉嗒，嗒！"

"好像乐队里的 tutti[4]，"萨宁强作笑容说，"不过有过错的不是您。"

"我知道，不是我！当然啦！不过，这总是……一种放纵行为。Diavolo！ Diavolo！[5]"潘塔莱奥内一边重复着，一边甩动着蓬乱的头发，叹息着。

马车在不停地滚动着。

① 意大利语：神圣的圣母！
② 意大利语：鲁莽的家伙！
③ 法语：酒瓶已打开，就得喝起来。
④ 意大利语：总合奏。
⑤ 意大利语：魔鬼！魔鬼！

早晨是美丽的。法兰克福的街道刚刚开始活跃，显得那么清洁和舒适；房屋上的窗户像箔片似的闪动着变幻不定的色彩；马车一出城关，鱼肚白色的天空就传来了嘹亮清脆的云雀叫声。突然，在公路拐弯的地方，从一棵高大的白杨后边闪出了一个熟悉的身影，走了几步就停了下来。萨宁定睛一看……我的上帝！是埃米利！

“他莫非知道什么啦？”他转身问潘塔莱奥内。

“我已经跟您说过我糊涂，”这个可怜的意大利老人绝望地说，他几乎要喊起来了：“这个捣乱的孩子一宿也没有让我消停——今天早晨我终于把全部情况都告诉了他！”

“这就是你的 segredezza！”萨宁心想。

马车走到了埃米利跟前；萨宁吩咐车夫叫马停下，然后招呼“捣乱的孩子”到自己身边来。埃米利犹犹疑疑地走过来，脸色煞白煞白的，就像他那天昏厥时一样。他几乎要站不住了。

“您在这里干什么？”萨宁声色俱厉地问道，“您为什么不呆在家里？”

“请允许……请允许我跟您一块儿去吧。”埃米利用颤抖的声音嗫嚅着，并合着手掌请求起来。他的牙齿格格地叩响起来，像发疟子似的。“我不会妨碍您——请带着我吧！”

“要是您觉得对我有一丝一毫的爱戴或者尊重，”萨宁说，“您就马上回家或者到克吕贝尔先生的店里去，对谁也不要提一个字，等着我回来！”

“等您回来，”埃米利呻吟了一声，话说了半句又停下了，“可是，如果您……”

“埃米利！”萨宁打断了他的话，用眼睛指了一下车夫，“冷静些！埃米利，请您回家去！听话，我的朋友！您说您爱我。好吧，我求您。”

他把一只手伸给了埃米利。埃米利向前晃了一下身子，哽咽了一声，把他的手拉到自己的嘴唇上贴了贴，然后便跳到路旁，穿过田野跑回法兰克福去了。

“也是一颗高尚的心。”潘塔莱奥内低声说，萨宁阴沉地看了他一眼……老人缩在马车的一角。他意识到了自己的过错，而且他越来越觉得惊奇：他竟会真的担当了决斗的证人，他竟会雇来马车，安排一切，在早晨六点就离开了自己宁静的住处？同时两腿也隐隐地痛起来。

萨宁认为需要给他鼓鼓气，而且一针见血，找到了最有力的话。

“您从前的勇气哪儿去了，尊敬的契帕托拉先生？ il antico

valor？①”

契帕托拉先生挺直身子，皱起了眉头。

“Il antico valor？”他用低沉的声音说，“Non è ancora spento（它还没有完全消失）——il antico valor！！”

他振作起来，谈起了自己的舞台生涯、歌剧、伟大的男高音加尔西亚——到哈瑙时简直是一副好汉的神气。你瞧：世界上没有任何东西比语言更为有力……和更为无力了！

① 意大利语：以前的勇气在哪儿？

二十二

要进行大战的那座小树林离哈瑙四分之一英里。像潘塔莱奥内所预言的那样，萨宁和潘塔莱奥内先到；他们吩咐马车停在林边空地上，自己便进了茂密葱茏、浓荫如盖的树林里。他们等了将近一个小时。

等待并没有使萨宁觉得特别难耐；他在小路上来回踱着，听着小鸟歌唱，看着蜻蜓飞舞，像处在这种情况下的大多数俄国人一样，努力什么也不想。只有看到一棵极其可能是被昨天的狂风吹折的幼嫩椴树时，才使他产生了想法。这棵椴树肯定要死了……叶子都已经死了。“这是怎么回事？是预兆？”这个想法在他的头脑里闪了一下；可是他马上吹起口哨来，跨过那棵椴树，沿着小路向前走去。潘塔莱奥内呢，则嘟囔着，骂着德国人，哼哼着，一会儿揉揉后背，一会儿揉揉膝盖。他激动得甚至打起哈欠来，这使他那张皱巴巴的小脸带上了一种极可笑的表情。萨宁看着他，几乎要哈哈大笑起来。

松软的大道上终于传来了辚辚的马车声。“是他们！”潘塔莱奥内说罢，便紧张起来，挺直了身子，不禁神经质地哆嗦了一下，为了把这阵哆嗦掩饰过去，他急忙“嗬”了一声，说今天早晨够凉的。虽然草叶和树叶上还满是露水，可是炎热的空气已经透进树林里来了。

两个军官立即来到树荫下边；跟他们同来的还有一个个头不大的胖墩墩的人，无精打采，好像刚刚睡醒似的，那是军医。军医一手提着装了水的瓦罐——以防万一；左肩上背着一个装有外科手术器具和绷带的挎包。看来他对这种郊游已经习惯得无以复加了；这种郊游是他的收入来源之一：每次决斗可以给他带来八枚金币——双方各给他四枚。封·里赫特先生拿着装手枪的箱子，封·登霍夫先生手里玩弄着一根小马鞭，大概是为了"有气派"。

"潘塔莱奥内！"萨宁低声叫了老人一声，"要是……要是我被打死了——什么事情都会发生的——我的旁边衣袋里有个纸包，里面包着一朵花儿，请拿出来交给杰玛小姐。听到啦？您答应吗？"

老人忧郁地瞧了他一眼——肯定地点了点头……可是，上帝知道他是否听懂了萨宁请求他做的是什么。

决斗双方的当事人和证人都照惯例互相鞠了一躬；只有军医连眉毛也没有动一下，坐在草地上打哈欠，好像在说："骑士们表示礼貌，跟我没有关系。"封·里赫特先生请"特什巴多拉"①

① 里赫特按德语发音来读契帕托拉这个意大利名字。

先生选择地点；“特什巴多拉”笨拙地转动着舌头（他心里的“那堵墙”又倒塌了），回答说：“亲爱的先生，您选吧；我来监督……”

于是封·里赫特先生便开始行动。他就在树林里找到了一块空旷的、布满各种野花的好地方，迈步测好了距离，用匆忙削光的树条标出了两侧的终点，从箱子里拿出两支手枪，蹲下来往里装子弹；总之，他竭尽全力地忙活着，不停地用白手帕擦着脸上的汗。陪伴他的潘塔莱奥内看上去却更像一个冻僵了的人。在这全部准备过程中，决斗的两个当事人站在远处，像两个受了处罚的小学生，在生家庭教师的气。

决定性的时刻到了……

各人拿起了自己的手枪……①

这时封·里赫特先生提醒潘塔莱奥内，说潘塔莱奥内作为年长的证人在喊可怕的“一！二！三！”之前，照决斗的规矩，应该向决斗的双方提出最后规劝，建议他们和解；说尽管这种建议从来也不会有任何结果，一般说来，这不过是毫无意义的

① 引自普希金诗体小说《叶甫盖尼·奥涅金》里描写奥涅金跟连斯基决斗的诗句。

形式，可是通过这个形式，契帕托拉先生却可以推卸掉自己的一些责任;说,的确,这种事情本是所谓“公正的证人”(unparteiischer Zeuge)的直接职责,可是因为他们没有这样的证人,所以他封·里赫特先生愿意把这个特权让给自己可敬的同事。潘塔莱奥内为了不愿看到那个欺侮过杰玛的军官早已躲到树丛后边去了，所以对封·里赫特先生说的话起初什么也没有听懂，再加上这些话是用鼻音说的；可是后来他突然明白过来，麻利地从树丛里走出来，痉挛地用两手拍打着胸膛，扯着嘶哑的嗓子，用大杂烩的语言喊道：“A la-la-la…Che bestialitá! Deux zeun'ommes comme Ça qué si battono——perche? Che diavolo? Andate a casa! ①”

“我不同意和解。”萨宁急忙说。

“我也不同意。”对方接着重复了一句。

“那就喊‘一、二、三’吧！”封·里赫特对不知所措的潘塔莱奥内说。

潘塔莱奥内立即又钻进树丛里——在那里弯下腰，闭上眼，扭过头去，扯着嗓子喊道：

① 意大利语和法语：哎呀——呀——呀……多么野蛮哪！两个年轻人决斗——为的是什么？见鬼！都回家去吧！

“Una···due···e tre！[①]”

萨宁首先开枪——没有打中。他的子弹当的一声打到了一棵树干上。登霍夫男爵随后立即开了一枪——他是有意向旁边、朝天放的。

接着是一阵紧张的沉默……谁也没有动地方。潘塔莱奥内无力地“噢”了一声。

“继续进行吗？”登霍夫问道。

“您为什么朝天开枪？”萨宁问道。

“这不关您的事。”

“您第二次还要朝天开枪吗？”萨宁又问。

“可能；我不知道。”

“注意，注意，先生们……”封·里赫特说，“决斗双方没有权利交谈。这是根本不合乎规矩的。”

“我放弃射击了。”萨宁说完，把手枪扔到了地上。

“我也不打算继续决斗了，”登霍夫喊完，也把手枪扔了，“而且我现在愿意承认前天是我不对。”

他不好意思地在原地踏了几步，犹疑地把手向前伸去。萨

① 意大利语：一……二……三！

宁迅速地走到他跟前，握了握他的手。两个年轻人微笑着互相看了一眼，他们的脸上都泛出红晕。

“Bravi！ bravi！[①]”潘塔莱奥内像疯了似的突然喊了起来，接着便拍着巴掌，跌跌撞撞地从树丛后跑出来；军医本来坐在旁边一棵被锯倒的树上，这时便立即站起身来，倒掉了瓦罐里的水，懒洋洋地一跩一跩地朝林边走去。

“名誉得到了维护，决斗结束！”封·里赫特宣布说。

“Fuori！[②]”潘塔莱奥内根据对昔日舞台生涯的记忆又叫了一声“好”。

萨宁同两位军官先生互相鞠躬告别后，便上了马车，如果说他全部身心感觉到的不是满足的话，那也是某种轻松，像战役成功之后所感到的那样；不过另一种感觉也在他心里萌生了，那是一种像是羞惭的感觉……他觉得他刚刚在里面扮演完角色的这次决斗好像是假的，是事先规定好的例行公事，是军官或大学生常玩的游戏。他想起了无精打采的军医，想起了军医看到他几乎跟登霍夫男爵手挽手从树林里走出来时皱鼻子嗤笑的

① 意大利语：好！好！
② 意大利语：好！

神态。后来，当潘塔莱奥内付给那军医应得的四枚金币……咳！有些不是滋味！

是的，萨宁感到有些羞惭……虽然从另一方面说他还能怎么办呢？总不能让年轻军官的放肆无礼不受惩罚吧，总不能像克吕贝尔先生那样吧？他挺身而出，保护了杰玛……事儿倒是那么回事儿；可是他总感到心烦意乱，感到不好意思甚至害羞。

可是潘塔莱奥内简直像凯旋一般！他突然踌躇满志起来。从战场上凯旋的常胜将军也不会比他更得意了。萨宁决斗时的举止使他欣喜欲狂。他夸萨宁是英雄，不顾萨宁的劝告甚至请求。他把萨宁比作大理石雕像或青铜塑像，比作《唐·璜》里的骑士团长的雕像。关于自己，他承认自己曾有些心慌意乱。他说："我是演员，是神经质的性格嘛，您呢，却是冰雪和岩石的儿子啊。"

萨宁全然不知道如何才能使激动的演员平静下来。

几乎在他们两个来小时前遇到埃米利的那个地方，埃米利又从一棵树后蹿出来了，高兴地喊着，在头顶上摇晃着帽子，蹦蹦跳跳地直扑到马车上，险些跌到车轮下边，没等马停下，就爬到车上，隔着关着的车门盯着萨宁。

“您活着，您没有受伤！”他重复着说，“请原谅我，我没有听您的话，我没有回法兰克福……我办不到！我在这儿等您来着……请告诉我，情况怎样？——您……把他打死了？”

萨宁好不容易才使他安静下来，坐到了车上。

潘塔莱奥内带着洋洋得意的神色唠唠叨叨地把决斗的全部细节都告诉了埃米利，当然没有忘了再提一次青铜塑像、骑士团长的雕像！他甚至从座位上站起来，叉开两脚保持着平衡，两臂交叉抱在胸前，目光鄙夷地从肩头斜瞥过去——形象地表演着骑士团长萨宁的样子！埃米利怀着敬佩的心情听着，偶尔惊叹一声，或者迅速地站起来，同样迅速地吻一吻自己这位勇敢的朋友。

车轮开始在法兰克福的石铺马路上发出辚辚声——终于在萨宁下榻的旅馆前边停下了。

萨宁在两个同伴陪同下沿着楼梯走上二楼，这时突然从昏暗的走廊里迈着敏捷的步伐走出来一个女人，脸上蒙着面纱，在萨宁跟前停了下来，微微晃悠了一下，急促地叹了一口气，便马上下楼朝街上跑去，接着就不见了。此事使茶房大为惊讶，他说“这位女士等外国先生回来等了一个多钟头”。尽管她一闪就不见了，萨宁还是认出来是杰玛。他透过厚实的褐色面纱认出了她的眼睛。

“莫非杰玛小姐已经知道……”他转过身来对着寸步不离跟在他身后的埃米利和潘塔莱奥内用德语不满意地沉吟着。

埃米利脸红了，感到不好意思。

“我是被迫把全部情况告诉她的，”他支支吾吾地说，“她猜到了——所以我无论如何不能……不过现在这已经毫无关系了，”他机灵地补充了一句，“一切都那么顺利地结束了，她也看到您好好儿地回来了！”

萨宁转过身去了。

“你们两个真爱多嘴！”他气恼地说了一句，走进自己屋里，坐到椅子上。

“请别生气嘛。”埃米利央告说。

“好吧，我不生气啦。（萨宁真的不生气了，而且他也未必会希望杰玛什么都不知道。）好吧……拥抱够了。现在请回吧，我想单独呆一会儿。我要睡了。我累了。”

“这个主意好极啦！”潘塔莱奥内喊道，“您需要休息，您完全赢得了休息的权利，高尚的先生！走吧，埃米利！踮着脚尖儿！踮着脚尖儿！嘘！”

萨宁说想休息，不过是想把自己的同伴支走，可是剩下了一个人之后，他却真的感到浑身很疲乏：昨夜他几乎一夜没有合眼。倒到床上，他马上就睡熟了。

二十三

他一连睡了几个小时没有醒。后来他开始做梦，梦见他又在决斗，站在他面前的对手是克吕贝尔先生，枞树枝上落着一只鹦鹉，这只鹦鹉是潘塔莱奥内，他不断地叫着："打—打—打！打—打—打！打—打—打！"

"嗒……嗒……嗒！！！"这声音太清楚了；他睁开眼，稍稍抬起头来……有人在敲他的门。

"请进！"萨宁喊了一声。

茶房进来报告说有一位女士急需见他。

"杰玛！"他脑袋里闪了一下……可是那位女士原来是杰玛的母亲——莱诺雷太太。

她一进屋马上就坐到椅子上开始哭起来。

"您怎么啦，我的善良的亲爱的莱诺雷太太？"萨宁坐到她旁边轻轻地抚摸了她的手一下，问道："出什么事啦？请想开些，我求您啦。"

"唉，Herr Dimitri，我太……太不幸啦！"

"您不幸？"

"唉，太不幸啦！我怎么能料到呢？突然间，像晴天霹雳……"

她费力地喘着气。

“是怎么回事儿？请讲明白！想要一杯水吗？”

“不要，谢谢。”莱诺雷太太用手帕擦了一下眼睛又放声大哭起来，“我一切都知道了！一切！”

“一切指什么？”

“指今天发生的一切！而且原因……我也清楚！您的做法是高尚的；可是多倒霉呀！我不赞成这次去索登不是没有原因的……不是没有原因的！（莱诺雷太太在去的那天根本没有说过这样的话，可是现在她觉得好像那时她已把“一切”都预感到了。）我来找您，因为您是一个高尚的人，把您当成朋友，虽然我五天前才初次见到您……可我是个寡妇啊！无依无靠……我的女儿……”

眼泪使莱诺雷太太说不出话来。萨宁不知如何是好。

“您的女儿怎么啦？”

“我的女儿杰玛，”莱诺雷太太透过浸满泪水的手帕几乎呻吟着喊道，“今天对我宣布，说她不愿意嫁给克吕贝尔先生，要我去退婚！”

萨宁甚至把身子轻轻地向后移动了一下：他没有料到会有这种事。

“且不说这件事丢人，”莱诺雷太太继续说，“世界上从未有过未婚妻向未婚夫退婚的；可这样一来我们就要破产啦，Herr Dimitri！”莱诺雷太太努力把手帕紧紧地卷成小小的一团儿，好像想把自己的悲伤全部卷到里面似的。“靠店里的收入我们今后是无法生活的，Herr Dimitri！克吕贝尔先生却很有钱，而且还会更有钱！为什么要跟他退婚呢？因为他没有保护自己的未婚妻吗？退一步说，即使他这样做不太对，可他不是军人哪，也没有上过大学，作为一个有身份的商人，他应该蔑视一个无名小军官的轻浮淘气。而且这有什么侮辱人的地方呢，Herr Dimitri？”

“请原谅，莱诺雷太太，您好像在责怪我……”

“我丝毫没有责怪您的意思，丝毫没有！您完全是另一回事儿；您跟所有的俄国人一样，是军人……”

“请原谅，我根本不是……”

“您是外国人，过路人，我感谢您。”莱诺雷太太不听萨宁的解释，继续说着。她急促地喘着气，一会儿摊开两手，一会儿又摊开手帕擤一下鼻子。仅仅从她表达悲伤的方式就可以看出她不是在北国的天空下长大的。

“克吕贝尔先生要是跟顾客打起架来，怎能在店里做生意呢？这是根本不合适的呀！而现在我竟得去向他退婚！可是我们以后靠什么生活呢？以前只有我们一家做止咳糖和奶轧糖，顾客都到我们店里来买，可现在大家都做止咳糖了！！您想想：你们决斗的事本来就会闹得满城风雨……难道这能瞒得住人吗？现在又突然要解除婚约！这件事丢人啊，丢人！杰玛是个极好的姑娘；她很孝顺，可她是个倔强的共和派，不听别人的意见。只有您能说服她！”

萨宁更加吃惊了。

“只有我，莱诺雷太太？”

“是的，只有您……只有您能说服她。我就是因此才来找您的；我想不出别的办法来了！您那么有学问，为人那么好！您曾挺身出来保护过她呀。她会信您的话的！她应当信您的话——您曾为她冒过生命危险嘛！您去向她证明——我已经毫无办法了！——您去向她证明，她会把自己和我们全家都毁掉的。您救过我的儿子——也救救我的女儿吧！您是上帝派到这里……我要跪下求您了……”

莱诺雷太太欠起了身子，好像准备跪倒在萨宁脚下……萨宁制止了她。

“莱诺雷太太！看在上帝面上！您这是干什么？”

她痉挛地抓住了萨宁的两手：

“您答应啦？”

“莱诺雷太太，请想想，我凭什么……”

“您答应啦？您不想叫我马上死在您跟前吧？”

萨宁不知所措了。他有生以来是第一次跟心情激动的意大利人打交道。

“我听您吩咐就是了！”他喊道，“我去跟杰玛小姐谈谈……”

莱诺雷太太高兴得喊了一声。

“不过，说实话，我不知道会有什么结果……”

“啊，不要拒绝，不要拒绝！”莱诺雷太太用央告的声调说，“您已经同意啦！结果一定会是极好的。反正，我再没有什么办法了！她不听我的话啦！”

“她向您宣布不嫁给克吕贝尔先生是那么坚决吗？”萨宁沉默了片刻问道。

“像斩钉截铁一般！完全像她爸爸罗塞利先生！任性！”

“任性！她？……”萨宁拖长声音重复问道。

“是的……是的……可她也是个天使啊。她会听您的话的。您会来，会很快来吗？啊，我的亲爱的俄国朋友！”莱诺雷太太猛然从椅子上站起来，同样猛然地抱住坐在她面前的萨宁的头。“请接受一个母亲的祝福，给我杯水吧！”

萨宁给莱诺雷太太拿来一杯水，向她保证立即就去，把她送下楼梯直送到大街上，然后回到了自己的房间，甚至拍了一下手，瞪大了眼睛。

“瞧，”他心想，“瞧，现在生活转动起来了！而且转得令人头晕了。”他并没有试图窥探一下自己的内心，弄明白那里有什么变化：那里是心旌摇曳，六神无主！“这一天可真有意思！”他的嘴唇不由得翕动了一下。“她任性……她妈妈说……我要去劝她——她？！劝什么呢？！”

萨宁的确感到头晕了。在各种感觉、印象和没有完全说出来的想法所组成的这场旋风上空总是飘着杰玛的倩影；这个倩影在那温暖的、像电一般震颤的夜晚，在那黑洞洞的窗户里，在灿烂的星光下，永远不可磨灭地刻到他的记忆里了！

二十四

萨宁迈着迟疑的步伐朝莱诺雷太太的家走去。他的心剧烈地跳动着；他清楚地感觉到心在撞击肋骨，甚至听到了撞击的声音。他要劝杰玛什么呢？怎么开口呢？进莱诺雷太太的家，他走的不是店堂，而是后门。在小小的穿堂儿里，他遇到了莱诺雷太太。看到他，她又惊又喜。

“我一直在等您，”她低声说，两手交替捏着萨宁的手，“到花园去吧；她在那儿。留神哟，我可指望您啦！”

萨宁朝花园走去。

杰玛坐在小径旁边的长凳上，从一个装满樱桃的大篮子里把最熟的樱桃挑到一个盘子里。太阳低低地垂着——已是下午六点多了，在灌满莱诺雷太太小小花园的斜晖里已是殷红多于金黄了。偶尔可以隐隐约约地听到树叶好像不慌不忙地在窃窃私语，一些迟归的蜜蜂从一朵花飞到邻近另一朵花上发出断断续续的嗡嗡声，还有一只斑鸠在什么地方单调而不倦地咕咕叫着。

杰玛头上戴的仍是去索登郊游时戴的那顶圆草帽。她从弯下来的帽沿下边瞥了萨宁一眼，又把头低到篮子上。

萨宁朝杰玛走去，不由自主地放慢了脚步，但是……但是……但是他找不到别的话说，只好问她：挑樱桃干什么？

杰玛没有急着回答他。

“这些比较熟，”她终于开口说，“要做樱桃酱，那些做点心馅。您知道，我们做那种带糖的圆点心卖呀。”

说完了这几句话，杰玛头低得更低了，右手捏着两颗樱桃停在篮子和盘子之间的空中。

“可以坐到您旁边吗？”萨宁问道。

“可以。”杰玛在长凳上轻轻挪动了一下身子。萨宁坐到她身旁。“怎么开头呢？”他想。可是杰玛使他摆脱了窘境。

“您今天决斗过，”她直截了当地开口说着，把自己漂亮的、羞怯地泛起红潮的脸转过来对着他，——啊，她的眼里闪烁着多么深切的感激之情啊！“您还这么若无其事？看来，您没有遇到危险啰？”

“哪里话！我任何危险也没有遇到过。结果很好，谁也没受到侮辱。”

杰玛竖起一根手指在眼前左右晃动了一下……也是意大利人的手势。

“不！不！别这么说！您骗不了我！潘塔莱奥内全对我说了！”

“您真是找到可信的人了！他把我比作骑士团长的雕像

了吧？”

“他的表达方式可能是可笑的，可无论是他的感情还是您今天的所作所为都没有什么可笑的。而这一切都是由我引起的……为了我……这我永远不会忘记。”

“请相信我，杰玛小姐……”

“这我不会忘记。”她一字一顿地重复了一遍，又凝神看了他一眼，然后就转过脸去了。

他现在可以看到她的清秀标致的侧影，他觉得从来也没见过这样的侧影，从来也没体验过此刻的心情。他的心燃烧起来了。

“啊，我还有答应要办的事呢！”他脑海里闪了一下。

“杰玛小姐……”他迟疑了片刻开口说。

“什么？”

她没有转过脸来看他，她在继续挑樱桃，小心翼翼地用指尖掐住樱桃把儿，用心地提起小叶子……可是在这一声“什么”里流露着何等充满信任的柔情啊！

“您妈妈没有告诉您……关于……”

“关于什么？”

“关于我来的目的。”

杰玛蓦地把拿起来的樱桃扔回篮子里。

“她跟您谈啦？”这次是她来提问了。

“是的。”

“她跟您说什么啦？”

“她跟我说您……说您突然决定改变……自己原先的决定。”

杰玛的头又低下了。她的脸全被帽子遮住了；能看到的只是她的脖颈，柔韧而娇嫩的脖颈，像托着一朵大花的花茎儿。

“什么决定？”

“关于……您的未来生活安排……的决定。”

“这就是说……您谈的是……克吕贝尔先生？”

“是的。”

“妈妈告诉您，说我不愿跟克吕贝尔先生结婚啦？”

“是的。”

杰玛在凳子上动了一下。篮子一歪，倒了……几颗樱桃滚到小径上。过了一分钟……又一分钟……

“她为什么要告诉您这个呢？”可以听到她的声音。萨宁仍然只能看到杰玛的脖颈。她的胸脯起伏得比方才更剧烈了。

“为什么？您妈妈以为，咱俩可说是一见如故，您对我怀着某种信任，因此我能够向您提供有益的劝告——您会听我的话……”

杰玛的两手轻轻地滑到了膝盖上……她摆弄起连衣裙的襞褶来。

“您要给我什么劝告呢，Monsieur Dimitri？”她过了一会儿问道。

萨宁看到杰玛的手指在她的膝盖上颤抖着……她摆弄衣服襞褶不过是为了掩饰这种颤抖。他轻轻地把手放到这些苍白颤抖的手指上。

“杰玛，”他说，“您怎么不看我？”

她刹那间把帽子甩到肩膀后边，两眼注视着他，眼神儿仍然是信任和感激的。她在等着他开口讲话……可是她的容貌却使他心慌意乱，目瞪口呆。温暖的夕阳斜晖照着她的娇美的脸——这脸上的表情比夕阳斜晖更光彩照人。

“我听您讲话呢，Monsieur Dimitri，”她微微笑着，稍稍扬起眉毛，开始说，“您给我什么劝告呢？”

“什么劝告？”萨宁重复了一遍，“您瞧，您妈妈认为，解除跟克吕贝尔先生的婚约，只是因为前天他没有表现出特别勇敢来……”

“只是因为这个吗？”杰玛说完，弯腰把篮子捡起来，放在自己身边凳子上。

“因为……总之……退婚，这在您是不明智的；迈出这一步，后果是需要好好儿权衡的；而且你们的家境也使你们家每个成员都承担着一定的义务……”

“这全是妈妈的意见，”杰玛打断他的话头说，“这全是她的话。这我知道；可您的意见呢？”

“我的意见？”萨宁沉默了一会儿。他觉得有什么东西堵在喉咙上，使他喘不上气来。“我也认为，”他吃力地开始说……

杰玛直起腰来：

“也认为？您也认为？”

“是的……也就是说……”萨宁不能够，实在不能够再说下去了。

“好吧，”杰玛说，“既然您作为朋友劝我改变决定……也就是说不改变原来的决定，——我就再考虑一下。”她不知不觉地开始把盘子里的樱桃又放回篮子里。“妈妈希望我听您的话……怎么办呢？我也许真会听您的……”

“不过，请原谅，杰玛小姐，我希望先知道是什么原因促使您……”

“我会听您的话的，”杰玛重复了一遍，她的眉毛仍旧紧蹙着，两腮煞白；她咬了咬下嘴唇，“您为我做了许多事，我有义务做您愿意我做的事；我有义务满足您的愿望。我要告诉妈妈……我再想想。瞧，她正好要过来了。”

莱诺雷太太果然出现在由家来花园的那道门的门口。她急不可耐：再坐不住了。据她估计，萨宁跟杰玛的谈话早就该结束了，虽然他们的谈话持续了还不到一刻钟。

“不，不，不，看在上帝面上，暂时什么也别跟她谈，”萨宁急急忙忙地几乎带着惊慌的心情说，“请等等……我要告诉您，给您写信……在这之前，请不要采取任何决定……等一等！”

他捏了杰玛的手一下，急忙从凳子上站起来，从莱诺雷太太身旁溜过去，举起帽子，咕哝了一句什么，就消失了。这使莱诺雷太太大为惊讶。

莱诺雷太太走到女儿身旁。

“请告诉我，杰玛……”

杰玛突然站起来，抱住了她。

“亲爱的妈妈，您能再稍稍地等等……等到明天吗？能吗？而且到明天以前什么话也不说？……啊！……”

杰玛突然流出了晶莹的泪水，这连她自己也没料到。杰玛脸上非但远不是悲伤的表情，反倒有些高兴的神色，这更加使莱诺雷太太奇怪。

“你怎么啦？”她问道，“你从来不哭，竟突然……”

“没有什么，妈妈，没有什么！您千万等等！咱俩都需要等等。到明天以前什么也不要问，让我趁太阳没落挑樱桃吧。”

“可你会懂事吗？”

“噢，我会很懂事的！”杰玛意味深长地点点头。她开始把一小束一小束的樱桃高高地举到绯红的脸前捆扎起来。她没有去擦脸上的泪水：泪水自己干了。

二十五

萨宁几乎是跑回旅馆的。他感觉到，意识到，只有回到旅馆一人独处的时候，他才能彻底弄清自己心里想的究竟是什么。果然：他刚一进屋，刚一坐到写字台前，两肘靠桌两手托到脸腮上，他就痛苦地低声喊道："我爱她，疯狂地爱她！"他心中的火烧得通红，像一块木炭被突然吹掉了表面覆盖的死灰。一瞬间……他已经不能理解他怎么能跟她坐在一起……跟她呀！——并且谈话，而不感到他连她的衣角都爱，他像青年人讲的那样，愿意"死在她的脚下"。在花园的这次会面把一切都决定了。现在，当他想她的时候，她在他的想像中已不再是星光下披散着鬈发的样子：他看到她坐在长凳上，看到她一下子甩掉草帽那么信任地看着他……于是他心里便火烧火燎地充满了对爱的渴望。他想起了在衣袋里已装了两天的那朵玫瑰：他把它掏出来狂热地贴到自己嘴唇上，由于用力太猛，扎得他不由得皱了皱眉头。现在他什么也不考虑，什么也不盘算，毫不瞻前顾后了；他摆脱了过去的一切，一往直前：他从自己孤单的独身生活的忧郁的岸边一头扎进那欢快的浪花翻滚的强大激流里——他什么都不在乎，他不想知道这激流会把他带到什么地方去，也不怕这激流是否会使他撞到岩石上粉身碎骨！这已经不是不久以前哄他入睡的乌兰德情歌的静静溪流……这是强烈的、不可遏制的滚滚狂涛！这狂涛汹涌奔腾，飞向前方——他随着这狂涛一起飞奔！

他拿过一张纸来，文不加点，几乎一气呵成，写了下边这样一封信：

亲爱的杰玛：

您知道我答应给您的劝告是什么，您知道令堂的愿望以及她对我的请求是什么，——可是有一件事您不知道，我现在有义务告诉您，——那就是我爱您，用一颗初恋的心的全部热情爱您！这火焰在我心里是突然烧起来的，可是火势特猛，使我找不到言辞来形容！！当令堂来我这里求我的时候，那火还只是在我心中阴燃，否则，作为一个诚实人，我准会拒绝她的委托……我在这里向您吐露心曲，因为我是一个诚实的人。您应当知道在跟什么人交往，——我们之间不应该有误会。您瞧，我不能给您任何劝告……我爱您，爱您，爱您——不管在我的理智里还是心灵里再也没有别的什么了！！

德·萨宁

萨宁把信叠起来封好，本想按铃派茶房去送……“不！这样不妥……通过埃米利？可到商店去当着其他店员的面找他——也不妥。而且天色已晚——他大概已经离开商店了。”萨宁心里这样盘算着，却已经戴上帽子走到街上去了。在街上，他拐过一个街角，又拐过一个街角，使他高兴得无法形容的是迎面看到了埃米利。这个热情的年轻人腋下夹着皮包，手里拿着一卷纸，正在赶着回家。

“难怪人们说每个恋人头上都有一颗吉星呢。”萨宁想完，就叫了埃米利一声。

埃米利转身，立即向他跑来。

萨宁没等他表露狂喜的心情，就把信递给他，告诉他交给谁，怎样交……埃米利聚精会神地听着。

“是不让任何人看到吧？”埃米利问完，便使脸带上了一种意味深长的神秘表情，那意思在说：“我们明白是怎么回事儿！”

“是的，我的朋友。”萨宁说完，稍稍感到有些不好意思，可是他摸了摸埃米利的腮，说：“要是有回信……您会给我送来，是吗？我在旅馆里等着。”

“放心好啦！”埃米利快活地说了一句就跑了，一边跑一边又向他点了一下头。

萨宁回到旅馆，没有点蜡烛，就倒在沙发上，两手枕在脑后，尽情体味刚刚意识到的爱的感受，这种感受没有必要描写：体验过的人都知道它的陶醉和甜蜜，对没有体验过的人呢，讲也讲不清楚。

房间门开了——埃米利探进头来。

“带来啦，”他低声说，“瞧，回信！”

他把一个卷着的纸条显示了一下，举到了头上。

萨宁从沙发上跳起来，把纸条从埃米利手中抢过来。他的感情太冲动了：现在他顾不上掩饰自己的感情，顾不上保持体面了——甚至在这个孩子，她的弟弟面前。他平时是不好意思这样做的，他会强制自己——可是现在办不到！

他走到窗前，借着窗外射进来的路灯光，读完了下边这封回信：

> 我请您，祈求您——明天一整天不要到我家来，不要露面。我需要这样，绝对需要，——那时一切将会决定。我知道，您不会拒绝我，因为……
>
> 杰玛

萨宁把这封信读了两遍——啊，她的字在他看来是多可爱，多美啊！他稍稍思考了一下，就转过身来看埃米利。埃米利为了表明自己是个懂事的年轻人，这时正朝墙站着用手指甲抠墙呢。萨宁大声叫了他的名字。

埃米利立即跑到萨宁跟前。

“有什么吩咐？”

“您听着，朋友……”

“德米特里先生，”埃米利用抱怨的腔调打断他的话说，“您为什么不称呼我‘你’呢？”

萨宁笑了。

“那好吧。你听着，朋友（埃米利高兴得轻轻跳了一下），你听着：回去以后，你明白，回去以后，你要说，一切都照办不误（埃米利紧闭两唇，郑重地点了一下头），可你自己……你明天有什么事？”

“我？有什么事？您要我做什么？”

“要是可以的话，早晨到我这里来，要早一些——我们一起到法兰克福郊区散步，直到晚上……愿意吗？”

埃米利又跳了一下。

“天哪，还有什么事儿比这更好呢？跟您在一起散步——妙极啦！一定来！”

“要是不放你来呢？”

“会放的！”

“听着……回去可别说我叫你来玩一整天哪。”

“为什么要说呢？我就那么来！没有什么了不得的！”

埃米利用力吻了吻萨宁就跑了。

萨宁久久地在房间里踱着——他很晚才上床。他陶醉在方才那种惊心动魄而又异常甜蜜的感受之中，那种对新生活的愉快期待之中。他很满意自己请埃米利明天来玩的主意；埃米利的容貌像姐姐。“他会使我想起她来。”萨宁心想。

可最使他惊讶的是：他昨天怎么没有像今天这样？他觉得他“亘古以来”就在爱着杰玛——正像今天爱她那样爱着。

二十六

第二天早八点，埃米利就牵着塔尔塔利亚出现在萨宁面前。即使父母是德国人，他也未必会比这更遵守时间了。在家里，他撒了个谎，说早饭前跟萨宁散步，然后到店里去。萨宁穿衣服的时候，埃米利跟他谈到了杰玛、谈到了杰玛跟克吕贝尔先生的不和，虽然语气是相当委婉的，可是萨宁却威严地沉默着不搭话，于是埃米利便做出一种神态来表示他明白为什么不能随随便便地触及这个重要问题，便再也没有回到这个问题上来，只是偶尔使脸上带着聚精会神乃至严肃的表情。

两位朋友喝过咖啡就动身——自然是步行——到豪森去。豪森是个小村子，离法兰克福不远，地处在一片森林环抱之中。陶努斯山脉从这里望去，了如指掌。天气极好；阳光明媚，温暖而不烤人；凉爽的风在绿叶中间活泼地喧闹着；高高的天上飘着圆形云朵，云影像一些小斑点在地上平稳迅速地滑着。两个年轻人很快就走出了市区，兴高采烈地走在平整的大路上。他们进了树林，在那里转悠了很久；后来在一家乡下饭馆里饱饱地吃了一顿早饭；后来就爬到山上去，欣赏风景，往山下滚石头，拍着手掌看这些石头可笑而奇怪地蹦蹦跳跳地像野兔似的向山下滚去，直到他们看不见的一个从山下路过的人高声骂他们为止；后来他们又在一片又干又矮的紫黄色苔藓上伸开四肢躺了一会儿；后来又在另一家小饭馆喝了啤酒；后来又赛跑又比跳远;后来又发现了回声，同回声交谈、唱歌、呼喊、打闹、折树枝、用蕨菜枝装饰帽子，甚至还跳了舞。塔尔塔利亚也尽心尽力地参加了这些活动；固然，它没有往山下滚石头，可是它自己却跟在石头后边滚过，年轻人唱歌的时候，它也配合着叫过，甚至还喝了啤酒，虽然带着明显的嫌恶表情：这个本领是原先的主人——那个大学生教给它的。不过它也不怎么听埃米利的话，不像对待自己的主人潘塔莱奥内那样；当埃米利命令他“说话”或“打喷嚏”时，它只是摇摇尾巴，把舌头卷成筒状伸出来。

两个年轻人也闲谈过。郊游开始时，萨宁认为自己年长因而更深明事理，便谈起了什么是宿命或命中注定的问题，人的使命意味着什么，其内涵是什么的问题；不过话题很快就不那么严肃了。埃米利开始向自己的朋友和保护人打听俄国情况，打听俄国是怎么决斗的，打听俄国女人美不美，俄语是否可以很快学会，当那个军官瞄准他的时候，他有何感受。萨宁反过来向埃米利打听他父亲、母亲以及他们家里的一般情况，千方百计地避免提到杰玛的名字——可心里想的却只是她一个人。老实说，他想的甚至不是她，而是明天，那神秘的明天要给他带来从未领略过的前所未有的幸福！他眼前好像有一道帷幕，薄薄的轻飘的帷幕，在微微摆动着——在这帷幕后边，他感到……感到有一张娇美的、仙女般的脸一动不动，嘴角带着温存的微笑，冷若冰霜地、假装冷若冰霜地低垂着睫毛。这张脸不是杰玛的，这是幸福女神自己的脸。他的时刻终于到了，帷幕拉开了，嘴唇张开了，睫毛抬起来了，女神垂青于他了，于是便像阳光普照，一片光明，于是便其乐融融，无穷无尽！他想着这个明天，他又在越来越殷切的甜蜜企盼中怀着喜悦的心情望眼欲穿了！

这种望眼欲穿、甜蜜企盼的心情什么也没妨碍他去做。这种心情，伴随着他的每个举动，可是对他没有任何妨碍。没有妨碍他在第三家小饭馆跟埃米利美美地吃一顿午餐——当时他的脑海里只是像短短的闪电似的偶尔闪现出一个念头：假如世界上有谁知道多好！！这种望眼欲穿的心情也没有妨碍他午餐后跟埃米利玩跳脊背游戏。他们是在一块宽敞的绿草地上玩的……他在塔尔塔利亚的狂吠声中敏捷地跨开两腿像小鸟一般飞过埃米利弯着的脊背时意外地看到在自己前面的草地边上有两个军官，他立即认出来，其中一个是昨天决斗的对手封·登霍夫先生，另一个是登霍夫的证人封·里赫特，这时他多么吃惊、多么难为情啊！他们俩都在拿着单眼镜看着他笑……萨宁两脚落地以后，转过身来，匆匆穿上外套，对埃米利简短地说了一句什么，埃米利也穿上了上衣，两人便立即走了。

他们回到法兰克福时天色已晚。

“家里会骂我的，”埃米利临别时对萨宁说，“唉，没有关系！我今天这一天过得多美呀，太美啦。”

回到旅馆以后，萨宁看到了杰玛的一张便条。她约他见面——第二天早七点在法兰克福市郊一个公园里。

他的心多么猛烈地跳了一下啊！他多么高兴自己今天那么绝对地服从了她的吩咐啊！上帝，这个从未有过的、惟一的、似乎不可能而又毫无疑问的明天会带来什么……有什么不会带来呢！

他凝视着杰玛的便条。便条结尾是杰玛的名字，它的第一个字母G拖着一个长长的雅致的小尾巴，——使他想起了她的美丽的手指、她的手……他想，他的嘴唇还一次没有接触过这只手……“意大利女人哪，”他想，“跟关于她们的传闻相反，是羞羞答答、不苟言笑的……杰玛尤其如此！皇后……女神……贞洁的大理石雕像……”

可是终有一天——而且已为期不远……

这一夜在法兰克福有一个幸福的人……他睡了；可是他可以用一位诗人的话说自己：

我睡着了……可敏感的心却没有睡……[①]

这颗心跳得那么轻盈，就像落到花朵上的一只浑身洒满夏日阳光的蝴蝶扇动翅膀一样。

① 引自俄国诗人梅伊（1822—1862）的组诗《犹太之歌》。

二十七

五点钟萨宁就醒了，六点就穿好衣服，六点半已在杰玛信中指定的公园里一个小亭子附近徘徊了。

早晨静静的，天气温暖而阴沉。有时令人觉得好像马上就要下雨了；可是伸出手掌来却毫无感觉，只是细看衣袖可以发现上边有一些极小的水珠儿，像一些极小极小的玻璃珠儿；可是连这种小水珠儿也很快不见了。风——好像世界上根本就没有。每个声音都无法乘风飞往某个方向，只能悠悠荡荡地漫向四面八方；远处隐隐约约地飘着一片白濛濛的蒸气，空气里散发着木樨和白刺槐的花香。

街上店铺还没有开门，可是已经出现了行人；偶尔吱吱呀呀地走过一辆孤独的马车……公园里还没有游人。一个园丁在不慌不忙地用铁锹修整小径，还有一个穿黑呢子斗篷的老太太一瘸一瘸地穿过林阴路。萨宁丝毫也没有把这个残废老太太当成杰玛，可是他的心却收缩了一下，他聚精会神地注视着远去的黑点。

七点！钟楼上的钟响了。

萨宁站住了。莫非她不来啦？他不禁打了一个寒战。转瞬间，他又打了一个寒战，——不过，这已是另有原因了。他听到了背后有轻盈的脚步声和女人衣服的窸窣声……他回头一看：是她！

杰玛跟着他走在小径上。她身穿一件灰色短斗篷，头戴一顶深色小帽。她看了萨宁一眼，就把头掉向旁边，追上他以后，迅速从他身边走过去了。

“杰玛。”他用刚刚能听到的声音喊了一声。

她对他微微点了一下头，继续向前走去。他跟在她后边。

他上气不接下气地喘着。两条腿不听他使唤。

杰玛从小亭子旁边走过去，往右拐，经过了一个浅浅的小水池子（里面有一只麻雀在忙碌地扑腾着），走到一丛高高的紫丁香后边，坐到一条长凳上。这个地方舒适、僻静。萨宁坐到她旁边。

过了一分钟——无论他还是她都一声没吱；她甚至没有看他一眼——他也没有看她的脸，而是看她握着小伞的两手。说什么呢？说什么能抵得上他们来得这么早，坐得这么近的单独相处呢？

“您……没有生我的气吧？”萨宁终于开口说话了。

萨宁很难说出比这再蠢的话来了……他自己也意识到了这一点……可是起码沉默被打破了。

“我？”她答道，“为什么呢？没有。”

“您相信我的话吗？”他继续问道。

“您指的是信吗？”

“是的。”

杰玛低下了头，什么也没有说。伞从她手里滑掉了。她急忙抓住，没让它落到地上。

“啊，相信我吧，相信我给您写的信吧。”萨宁喊起来，他的怯懦顿时全都消失了——他热烈地说：“要是世界上有真话，有神圣的、无可怀疑的真话，那就是我爱您，热烈地爱您，杰玛！”

她瞥了他一眼，又险些把伞掉到地上。

“相信我吧，相信我吧，”他祈求她，把两手向她伸去——却没敢碰她，“您要我做什么……为了使您相信？”

她又瞥了他一眼。

“请告诉我，Monsieur Dimitri，”她张口了，“前天您来劝我的时候，也就是说，您还不知道……没感觉到……”

“我感觉到了，”萨宁接过话茬儿说，“可是我不知道。我从一见到您的那一瞬间就爱上您了，可是并没有马上明白您对我的意义！况且我听说您已订婚……至于您妈妈的委托，第一，我怎么能拒绝呢？第二，我觉得是把这个委托那么传达给您的，使您可以猜到……”

传来一阵沉重的脚步声，从丁香花丛后面走出来一位相当健壮的先生，背着旅行袋，显然是外国人，用外来旅游者毫不客气的目光扫了坐在长凳上的情侣一眼，大声咳嗽了一下，就走过去了。

“您的妈妈，”萨宁等沉重的脚步声一消失就接着说，“说您退婚会招来非议（杰玛微微皱起了眉头）；说我部分地为这些非议提供了口实，说……因此……我在某种程度上有义务劝您不要拒绝您的未婚夫克吕贝尔先生……”

“Monsieur Dimitri，”杰玛说着，用一只手摸了一下她靠萨宁这边的头发，“请不要把克吕贝尔先生称作我的未婚夫。我永远也不会做他的妻子。我已回绝他了。”

“您已回绝他啦？什么时候？”

“昨天。”

“跟他本人说的？”

“跟他本人。在我们家里。他到我们家来过。”

“杰玛！这就是说，您爱我啰？”

她转过脸来对着他。

“要不然……难道我会到这里来吗？”她低声说完，两手落到了长凳上。

萨宁抓起了这双手掌向上放着的绵软的手，贴到自己的眼上，嘴唇上……昨天他想象中的帷幕终于拉开了！瞧，这就是它，幸福，这就是幸福的光彩照人的容颜！

他抬起头来，看了看杰玛——正面地，勇敢地。她也看着他——多少有些从上往下看。她的两眼半闭着，隐隐约约地闪烁着光芒，噙着轻微的幸福泪花。脸上不是微笑……不！她是在幸福地欢笑，虽然没有笑出声来。

他想把她拉到怀里，可是她推开了，仍然无声地笑着摇摇头表示反对。她那幸福的眼神好像在说："等等。"

"啊，杰玛！"萨宁喊道，"我怎能想到你（当他的嘴第一次说出这个"你"时，他的心像琴弦一样颤动起来）会爱我啊！"

"我自己也没有料到这个啊。"杰玛轻声说。

"我怎能想到，"萨宁继续说，"我怎能想到，来法兰克福只打算停留几个小时，却在这里找到了自己的终生幸福呢！"

"终生幸福？真的吗？"杰玛问道。

"终生幸福，天长地久！"萨宁以新的热情喊道。

园丁的铁锹突然在离他们坐的长凳两步远的地方响起来。

"我们回家吧，"杰玛小声说，"一起走——愿意吗？"

这一瞬间，她要是对他说一句，“你跳到海里去吧，愿意吗？”不等她把话说完，他就会一头扎到深渊里去。

他们一起出了公园，没有走市内大街，而是沿着郊区小路向家里走去。

二十八

萨宁一会儿跟杰玛并排走，一会儿稍稍走在她身后，不住地看着她，不停地微笑着。她呢，一会儿好像急着赶路……一会儿好像要停下。说老实话，他们俩，往前走着，像喝醉了似的，他脸色煞白，她呢，激动得满脸绯红。他们此刻之前所共同完成的一切，是心灵的交融，这件事是那么有力、新鲜而又惊心动魄；他们生活中的一切改变得那么突然，使得他们俩仍然没有清醒过来，只是意识到有一阵旋风把他们卷了起来，这旋风跟那天夜里刮的那阵旋风相似，那阵旋风就差一些要把他们刮到彼此的怀抱里了。萨宁一边走一边觉得他甚至连看杰玛的眼光也变了：他刹那间在杰玛的步态、动作里发现了几个特点，——我的上帝啊，这些特点是多么使他感到无限可贵、无限可爱哟！她也感到他在那么看着她。

萨宁和她都是第一次恋爱；初恋的全部奇迹在他们身上呈现出来了。初恋也跟一场革命一样：昔日单调规则的生活制度瞬息之间被打破了，青春站在街垒上，它的鲜艳的旗帜在高高飘扬——不管前面等待它的是什么：死亡也好，新生活也好，它都兴高采烈地欢迎。

“怎么回事？那好像是我们的老头子吧？”萨宁指着一个裹得严严实实的身影说，那个身影慌慌张张地从旁边溜过去了，好像努力不让人看到似的。萨宁太幸福了，他感到需要谈的不是爱情——那已是决定下来的一件神圣的事情，——而是另外别的什么事情。

“是的，那是潘塔莱奥内，”杰玛快活地、幸福地答道，“他准是踏着我的脚印从家里跟出来的；他昨天一整天已在注意我的每一个行动……他猜到了！”

“他猜到了！”萨宁赞赏地重复了一句。杰玛说的哪句话能使他不赞赏呢？

接着，他请杰玛详细讲讲昨天发生的一切。

杰玛立即讲起来，她急切地、颠三倒四地讲着，一会儿微笑一下，一会儿叹息一声，一会儿又跟萨宁交换一个短促的愉快的眼神儿。她告诉他，前天那次谈话以后，妈妈总想得到她肯定的答复；她说，她答应一昼夜之内一定说出自己的决定来，这才摆脱了莱诺雷太太的纠缠；她讲她怎样请求到这个期限，以及费了多少口舌；她告诉他，克吕贝尔先生完全意外地到了她家，他比任何时候都更古板，衣领浆得更硬；她说，他对陌生俄国人所采取的孩子般的、不可宽恕的、使他克吕贝尔深受侮辱（他就是这么说的）的行径表示愤慨，——“他指的是你的决斗。他要求立即拒绝你再到我们家来。他补充说（杰玛稍稍模仿了他的声音和神态）：'因为这会在我的名誉上投下阴影，好像我在自己认为必要或有益的时候不会保护自己的未婚妻似的！全法兰克福明天就会知道一个外人为我的未婚妻跟某军官进行了决斗，——这像什么话？这玷污了我的名誉！'你想得出来，妈妈赞同他的看法！可是这时我突然宣布他大可不必为自己的名誉和人格担心，大可不必为自己的未婚妻受到议论而感到丢脸，因为我不再是他的未婚妻，永远不会做他的妻子了！说实话，我本想先跟您……跟你谈谈，然后再彻底退婚；可是他来了……我没能控制得住。妈妈甚至吃惊得喊了起来。我到另一个房间里把他给我的戒指拿来——你没留意我两天前就把这戒指摘下来了——还给了他。他气得要死；可是因为他非常自尊和傲慢，所以他没有多说话就走了。自然，我受到妈妈许多责备，我看到她伤心感到很难过，心想自己做得有些匆忙了；可是因为我有你的信，所以我不用再跟你谈也知道……"

"知道我爱你。"萨宁接过话茬儿说。

"是的……知道你爱上我了。"

杰玛就这么讲着，颠三倒四地，微笑着，每当看到迎面或旁边有行人的时候就压低声音或干脆停下来。萨宁呢，就兴高采烈地听着，欣赏着她的嗓音，就像昨天欣赏她的笔迹似的。

“妈妈非常伤心。”杰玛又讲起来。她的话讲得很快，一句接一句。“她无论如何不愿理解克吕贝尔先生会使我讨厌，我同意嫁给他不是出于爱情，而是因为她再三哀求……她怀疑……您……你，——直截了当地说吧，她相信我爱上你了。使她特别难过的是，前天她还丝毫没有想到，甚至还托你来劝我……这是一种奇怪的委托——对吧？现在她说你……您是个滑头，狡猾的人，她说您欺骗了她的信任，她对我预言说您会欺骗我……”

“可是，杰玛，”萨宁喊道，“难道你没有对她说……”

“我什么也没说！没跟您谈之前，我有什么权利呢？”

萨宁拍了一下手。

“杰玛，我希望起码现在你会把一切都告诉她，你领我去见她……我想向你妈妈证明我不是骗子！”

萨宁的胸膛被崇高热烈的感情激荡得剧烈地起伏着。

杰玛睁大两眼看了他一下：

“您当真现在愿意跟我去见妈妈？妈妈可一直在使我相信，相信……相信我们之间的这一切是不可能的，永远也不可能的呀。”有一句话，杰玛未能下决心说出来……她害怕说它；可是萨宁却高兴地说出来了。

“跟你结婚，杰玛，做你的丈夫——我不知道还有比这更大的幸福！”

无论对自己的爱、对自己的高尚情怀还是对自己的决心，他都不知道还有什么极限。

听到这些话，杰玛本想站一会儿，结果却走得更快了……她好像想要躲开这过于重大的突然降临的幸福似的！

可是她的脚步突然迟疑起来。克吕贝尔先生从小巷拐角后边走过来，离她只有几步远了，他戴着新礼帽，穿着腰部带褶的新大衣，身子挺得笔直，头发烫得弯弯曲曲的，像狮子狗。他看到了杰玛，看到了萨宁，好像在心里呸了一声，便腆胸凸肚迈着神气的步伐向他们走来。萨宁感到一阵厌恶；可是当他看到克吕贝尔在努力装出一副故作惊讶的鄙视甚至惋惜的神气，看到这张红润俗气的脸以后，他突然感到怒火中烧，向前跨了一步。

杰玛抓起他的胳膊，大模大样地把自己的胳膊伸给他挎着，正面看了看从前的未婚夫的脸……克吕贝尔眯缝起眼睛，缩起身子，向旁边拐去，咬牙切齿地说了一句：“老一套！”（Das alte Ende vom Liede！）仍然迈着神气的颤颤悠悠的步伐走了。

“这个坏蛋，他说什么啦？”萨宁问了一句，想去追赶克吕贝尔；可是杰玛拽住了他，跟他一起继续向前走去，再也没把挎着他的胳膊抽回来。

前边就是罗塞利糖果店。杰玛又停下了。

“Dimitri，Monsieur Dimitri，”她说，“我们还没有进去，我们还没有见到妈妈……要是您愿意再想想，要是……您还是自由的，德米特里。”

作为对她的回答，萨宁紧紧地抓起她的手来贴在自己的胸前，带着她向前走去。

“妈妈，”杰玛领着萨宁进到屋里，看见莱诺雷太太坐在那里以后，喊道，“我把真正的未婚夫领来了！”

二十九

即使杰玛宣布她带来了霍乱或者死神，莱诺雷太太听了大概也不会比这更加绝望。她立即坐到墙旮旯里，脸对着墙，泪如雨下，几乎要呼天抢地，不折不扣，就像俄国农妇对着丈夫或儿子的尸体恸哭一样。起初，杰玛感到十分惊慌，甚至没有走到妈妈身旁，在房间中央就停下了，像泥塑木雕一般；萨宁呢，完全没有了主意，自己直想掉眼泪！这场伤心大哭持续了整整一个小时，整整一个小时！潘塔莱奥内决定最好把糖果店的街门关上，以免外人进来——幸好天色尚早。老人自己也感到莫名其妙，而且也毫不赞成杰玛和萨宁这样仓促行事，不过他并不想指责他们，反而要庇护他们——如果需要的话：他实在太不喜欢克吕贝尔了！埃米利自认为是他的朋友和姐姐的中间人，看到一切获得这么成功的结果几乎要感到自豪了！他无论如何也不能理解莱诺雷太太干吗那么伤心，于是便暗自断定：妇女，即使最优秀的妇女，也都缺乏理解力！萨宁的处境最糟。他一靠近莱诺雷太太，莱诺雷太太就又是尖叫又是挥舞双手让他走开。他站在远处，大声喊了几次："我向您的女儿求婚！"可是徒劳。莱诺雷太太特别后悔："她怎么会那么瞎了眼，竟什么也没看出来！""要是我的乔瓦尼·巴蒂斯塔还活着，"她边流泪边说，"这种事就不会发生了！"萨宁心想："上帝，这是什么事啊？实在太尴尬了！”他没敢看杰玛一眼，杰玛也没敢抬眼看他。杰玛只是耐心地照护母亲，母亲起初也不让她靠前……

暴风雨终于渐渐平息下来。莱诺雷太太不再哭了，允许杰玛把她从墙旮旯里扶出来，安排到靠窗的一张圈椅上，给她喝橙花水；对萨宁呢，仍不允许他靠近……啊，不允许！不过起码已允许他留在房间里了（方才她一直是要求他离开的），而且当他讲话时已不再打断他了。萨宁立即抓紧出现的这个风平浪静的时机，施展起惊人的口才来：他在杰玛面前表达自己意图和感情的时候也未必带着如此的热情和具有这样的说服力。这种感情是最真挚的，这些意图是最纯洁的，像《塞维勒的理发师》[1]里的阿勒玛维华的意图一样。他无论对莱诺雷太太还是对自己都没有隐瞒妨碍这些意图实现的不利因素。不过这些不利因素都是想当然的！固然，他是个外国人，他们不久前才认识他，对他的人品和财产状况都一无所知；可是他愿意提供全部必要的证据，证明他是一个体

① 在博马舍的这出戏里，机智干练的理发师费加罗帮助少女罗丝娜摆脱愚顽的监护人霸尔多洛，成全她与阿勒玛维华伯爵的恋爱。这位阿勒玛维华伯爵在博马舍的另一出喜剧《费加罗的婚礼》里却企图秘密恢复初夜权并且破坏费加罗的婚姻。

面人而且不穷；他的本国同胞会出具最毋庸置疑的证明！他相信杰玛跟他在一起会幸福的，他会消除她同亲人离别的痛苦！……一提“离别”险些把全部事情弄糟……莱诺雷太太立即浑身发抖，闹腾起来……萨宁连忙指出，离别是暂时的，而且也许根本不会离别！

萨宁的巧舌如簧没有白费。莱诺雷太太开始正眼看他了，表情里虽有伤心和责难，却没有方才那种厌恶和愤怒了；后来还允许他到跟前来，甚至允许他坐到身旁（杰玛坐在另一侧）；后来，她开始责怪他——不只用目光，而且也用话语了，这说明她的心已有些软了；她开始抱怨，她的抱怨声也越来越轻，越来越温和了；在抱怨中间常常夹着问题，有的是问女儿的，有的是问萨宁的；后来，她允许萨宁握她的手，而且没有立即抽回来……后来，她又哭起来——可是流的已是另一种眼泪了……后来，她忧郁地笑了笑，并惋惜乔瓦尼·巴蒂斯塔不在，可是跟方才的含义不同了……又过了一瞬间，两个罪人——萨宁和杰玛——已跪在她的跟前，她把双手依次放在他们的头上；过了另一个瞬间，他们俩已拥抱她、亲吻她了，埃米利容光焕发，跑进屋里，也扑到这紧紧抱在一起的三人身上。

潘塔莱奥内朝屋里瞥了一眼，冷笑了一下并皱起了眉头，就退到店堂去开糖果店的街门去了。

三十

从绝望到忧伤，从忧伤到“达观”，这种转变过程在莱诺雷太太身上完成的速度是相当快的，而且这种达观的心情也立即就变成了暗暗的满意；不过为了保持体面，她对满意的心情却极力加以掩饰。从认识的第一天起，莱诺雷太太就喜欢萨宁；接受了萨宁要成为她的女婿这样一个想法之后，她在这个想法里已经找不到任何特别不愉快的东西了，虽然她认为自己应当在脸上保持一些生气的……更接近于忧虑的神色。况且这几天发生的一切是那么不寻常……一波未平，一波又起！作为一个务实的妇女和母亲，莱诺雷太太认为自己也应当向萨宁提各种各样的问题；萨宁呢，早晨去跟杰玛会面的时候想也没有想到会跟杰玛结婚，——的确，他当时头脑里什么也没有想，只是顺从着自己的感情摆布，可是如今却完全自觉自愿地而且可以说是狂热地进入了自己的角色——未婚夫的角色，对各种问题都乐于回答，而且回答得确切、详尽、热情。莱诺雷太太确认了萨宁是个真正的世袭贵族，甚至对他不是公爵还略感惊讶，然后便面带郑重的神色“预先警告他”，说要对他采取毫不客气的坦率态度，因为做母亲的神圣责任迫使她这样做！对此，萨宁的答复是：他也没有期待她会有另外的态度，他也恳求她——不要对他面慈心软！

于是莱诺雷太太就对他指出克吕贝尔先生（说到这个名字时，她轻轻地叹了一口气，闭紧嘴唇，迟疑了一下），杰玛从前的未婚夫，现在就有八千盾收入，而且这个数目每年还将迅速增加，他萨宁的收入是多少呢？

"八千盾……"萨宁拖长声调重复了一句，"这合我们的钱——大约是一万五千卢布钞票……我的收入少得多。我在图拉省有一座不大的庄园……经营管理得好的话，能够——甚至肯定能够收入五六千……另外，如果去做事的话，我还可以轻而易举地得到两千薪俸。"

"回到俄国去做事？"莱诺雷太太喊了一声，"那就是说，杰玛得离开我啦！"

"可以在外交界找事做嘛，"萨宁接过话茬儿说，"我有一些门路……可以在国外任职。还可以这么做嘛——这是再好不过的：把庄园卖掉，用得到的资本举办某种有利可图的企业，例如改善您的糖果店。"萨宁也感到了自己的话有些不切合实际，可是一种莫名其妙的勇气在鼓舞着他！他看了杰玛一眼，自从"务实"的谈话开始以后，杰玛就常常站起来，在室内走动一下，然后再坐下，——他看了杰玛一眼，觉得没有办不到的事情，他愿意立即把一切安排得好上加好——但求杰玛不要担心！

“克吕贝尔先生原来也愿意给我一笔数目不大的款子改进糖果店。”莱诺雷太太稍稍犹豫了一下说。

“妈！别说啦！妈！”杰玛用意大利语喊道。

“这种问题是要事先谈的，我的女儿。”莱诺雷太太也用意大利语答道。

莱诺雷太太又转身对着萨宁，详细问他俄国在婚姻方面有些什么法律规定，跟天主教徒通婚是否像在普鲁士那样有障碍？（四十年代那时节，全德国都还记得普鲁士政府跟科隆大主教为异教通婚问题发生的争吵。）[①]莱诺雷太太听说女儿嫁给俄国贵族以后也可以成为贵族，表现出了一些高兴的神色。

“可是您得先回俄国去一趟吧？”

“为什么呢？”

“为什么？不需要得到贵国皇上的批准吗？”

萨宁对她解释，说根本不需要……不过他也许在举行婚

① 克勒门蒂·奥古斯特·德罗斯特一八三五年被选为科隆大主教。他反对天主教徒与非天主教徒通婚，当年就下令禁止为那些不宣誓保证用天主教精神教育子女的人举行婚礼，因而便同大多数人信奉新教的普鲁士（根据维也纳会议决议,科隆在其治下）的婚姻法发生了冲突。跟普鲁士政府长期争论的结果，一八三七年德罗斯特被废黜。

礼前确实需要回俄国去一个最短时期（他说这话时不禁感到一阵心酸，杰玛在旁边看出他心里难受，脸一红，也黯然伤神），说他尽量抓紧在俄国滞留的时间把庄园卖掉……无论如何要把所需的款子带回来。

“我还想请您给我买几张阿斯特拉罕的上等羔羊皮做斗篷，”莱诺雷太太说，“听说那儿的羔羊皮好得出奇，而且还贱得出奇！”

“一定照办，非常高兴给您带，也给杰玛带！”萨宁喊道。

“给我带一顶银线绣花的上等山羊皮小帽。”埃米利从隔壁房间里探进头来插了一句。

“好，也给你带……也给潘塔莱奥内带一双鞋。”

“谈这些干什么？干什么？”莱诺雷太太批评说，“我们在谈正事呢。还有一个问题，”务实的太太接着说，“您说要卖掉庄园。可怎么个卖法呢？也就是说，您也要卖农奴啰？”

萨宁觉得好像肋部被什么东西刺了一下。他想起来，跟莱诺雷太太和她的女儿谈论过农奴制，用他的话来说，农奴制使他感到深恶痛绝，当时他曾不止一次地向他们保证在任何时候为了任何理由也决不出卖自己的农奴，因为他认为出卖农奴是不道德的事情。

“我力求把庄园卖给一个我认为好的人，”他支支吾吾地说，“也许农奴们愿意赎身呢。”

“这样就再好不过了，”莱诺雷太太赞同地说，“否则，卖活人……”

“Barbari！[1]”潘塔莱奥内嘟囔了一句，他随在埃米利后边出现在门口，甩了一下蓬乱的长发，就走了。

“糟糕！”萨宁心里想，偷偷看了杰玛一眼。她好像没有听到他方才说的话。“还好，没惹出麻烦来！”萨宁心里又说了一句。

务实的谈话就以这种方式继续着，几乎直到吃午饭。到谈话结束时，莱诺雷太太的怒气终于全消了，已经管萨宁叫德米特里，已经爱抚地伸出一根手指吓唬他，并且扬言要对他的这次阴谋进行报复了。她屡次三番地详细打听萨宁亲属的情况，因为“这也很重要”；她也要求萨宁描述婚礼仪式，在俄国教堂里是如何举行婚礼的，——她在想象中已对身穿白礼服、头戴金冠的杰玛赞叹不已了。

“我的女儿美得像皇后一样啊，”她带着母亲的自豪感说，

① 意大利语：野蛮！

“而且全世界也没有这样的皇后呢！”

“全世界没有第二个杰玛！”萨宁附和说。

“是的；因此，她才是杰玛呀！”（大家知道，意大利语杰玛是宝石的意思。）

杰玛扑上去亲吻母亲……好像这时她才松了一口气，心里一块石头落了地。

萨宁想到不久前在这些房间里所梦想的那些事情都实现了，突然感到自己无比幸福，心里充满了孩子般的快活；他感到乐不可支，立即走到店堂里；他渴望无论如何要站在柜台里边卖一会儿东西，像几天前那样……他想：“我现在完全有权利这样做！我如今已是家里人啦！”

他果然站到柜台里面，果然做起买卖来，也就是说，有两个小姑娘进来买一磅糖果，他给了人家两磅，少要了一半钱。

吃午饭时，他作为未婚夫正式坐在杰玛身旁。莱诺雷太太继续讲自己的那些务实的意图。埃米利不时笑着纠缠萨宁，要萨宁带他去俄国。当场决定萨宁两周以后回俄国去。只有潘塔莱奥内显得有些闷闷不乐，惹得莱诺雷太太甚至数落了他一句：“你还当过他的决斗证人呢！”潘塔莱奥内白了她一眼。

杰玛几乎始终沉默着，可是她的脸比任何时候都秀丽、喜幸。饭后，她邀萨宁到花园去走走，在她前天坐着挑樱桃的那张长凳附近停下来，对萨宁说：

“德米特里，别生我的气；我想再提醒你一次，你不应当认为自己已受到束缚……”

萨宁没容她把话说完……

杰玛转过脸去。

“关于妈妈提出的问题——记得吧？——关于信仰不同的问题，就这样解决吧！……”

她抓起用细带挂在脖子上的石榴石小十字架，用力一拽，带子断了，——她把小十字架交给了萨宁。

“既然我是你的，那你的信仰也就是我的信仰！”

跟杰玛回到屋里的时候，萨宁的眼睛还是湿润的。

到傍晚的时候，一切都进入了常轨。他们甚至还玩了一会儿纸牌。

三十一

萨宁第二天醒得很早。他处在人间幸福的顶点，然而妨碍他睡眠的并非这种情况；而是一个重要的、决定命运的问题——如何才能最快最合算地把庄园卖掉——使他不得安睡。各种各样的计划在他的头脑中搅成一团，暂时还没有形成任何明确的看法。他从旅馆里出来，想透透空气，清醒一下。他希望一定带着成熟的方案去见杰玛。

前边有个人身胖腿粗、穿着体面，走路微微踱着，是谁呢？这个竖着浅白色短头发的后脑勺，这个好像直接安到两肩上的脑袋，这个软绵绵、胖乎乎的后背，这两只垂着的滚圆的手，在哪儿见过呢？难道他是已经五年不见的昔日同学波洛佐夫？萨宁赶到那人前边，回头一看……一张黄蜡蜡的宽脸盘，两只猪眼，白睫毛，白眼眉，一个又扁又短的鼻子，两片好像粘在一起的嘴唇，一个溜圆的没有胡子的下巴——以及脸上那种精神委顿、懒洋洋、不相信人的表情，——是他，果然是波洛佐夫！

“莫非我的福星又在保佑我？”萨宁的脑海里闪过了一个念头。

“波洛佐夫！伊波利特·西多雷奇！是你？”

那人站下，抬起两只小眼睛，等了一会儿，终于张开紧闭的嘴唇用有些嗄哑的尖嗓门儿问道：

“德米特里·萨宁？”

“正是！”萨宁喊了一声，握了握波洛佐夫的一只手；然后波洛佐夫那两只戴着紧绷绷的烟灰色皮手套的手又有气无力地垂在鼓起的大腿两侧。“你到这里很久了吗？从哪儿来？住在什么地方？”

“我昨天从威斯巴登来，”波洛佐夫慢腾腾地答道，“给妻子买东西，今天就要赶回威斯巴登去。”

“噢！你结婚了嘛——人们说你的夫人很漂亮！”

波洛佐夫眼向旁边瞧了一下。

“是的，都这样说。”

萨宁笑了。

“我看你仍然是老样子……对什么都不感兴趣，跟在学校时一样。”

“为什么要变呢？”

“人们还说，”萨宁特别强调“人们还说”这几个字，“你的夫人很有钱。”

“人们也这么说。”

“伊波利特·西多雷奇，难道这事你自己还不清楚吗？”

“我吗，老弟，德米特里……你的父称是帕夫洛维奇吧？——是，帕夫洛维奇！我是不过问妻子的事情的。"

"不过问？任何事情也不过问？"

波洛佐夫眼又向旁边瞧了一下。

"任何事情也不过问，老弟。她是她……我是我。"

"你现在上哪儿去？"萨宁问道。

"现在我哪儿也不去；站在街上跟你谈话；我们谈完，我就回旅馆吃早饭。"

"我去做伴儿，愿意吗？"

"你指的是吃早饭吗？"

"是的。"

"请赏光吧,两人一块儿吃会更快活些。你不是话匣子吧？"

"我认为不是。"

"好吧。"

波洛佐夫朝前走去，萨宁跟在他旁边。波洛佐夫的两片嘴唇又粘到了一起，他呼哧呼哧地默默地一踱一踱地走着，萨宁心里在寻思着：这个呆子怎么会搞到一个又漂亮又有钱的妻子呢？他既非豪富，又非权贵，而且也不聪明；在学校时他是个著名的呆板迟钝的孩子，因为贪睡好吃，得了个"窝囊废"的诨名。真是怪事！

“可是他妻子既然很有钱——传说她是某包税人的女儿，那她会不会买我的庄园呢？虽然他说自己不过问妻子的任何事情，可这话是不能信的！况且我要的价还便宜，有利可图！为什么不试试呢？也许这都是我的吉星保佑呢……决定了！试试！”

波洛佐夫把萨宁领到了法兰克福一家最好的旅馆，他当然已在那里开了一个最好的房间。桌子上和椅子上堆满了纸盒、匣子、包裹……“老兄，这全是给玛丽亚·尼古拉耶夫娜（人们这样称呼波洛佐夫的妻子）买的东西！”波洛佐夫坐到圈椅上呻吟起来，说了声“热死啦！”就把领带解开了。后来他按铃叫侍役长进来，仔细订了一顿最丰盛的早饭。“吩咐下午一点把车套好！听到啦，下午一点整！”

侍役长恭恭敬敬地鞠了一躬，唯唯诺诺地走了。

波洛佐夫解开了坎肩纽扣。他扬起了眉毛，喘着粗气，皱着鼻子，仅仅根据这些就可以看出来，说话对他来说是个沉重的负担，他有些担心萨宁会迫使他转动舌头，或者萨宁自己要不辞辛苦地高谈阔论。

萨宁看出了朋友的心情，因此没有用许多问题来增加他的负担，只是打听了最需要的情况。他了解到，波洛佐夫在军队里服役了两年（当的是枪骑兵！他穿着短小的制服一定很好看！），三年前结了婚——已经跟妻子在国外呆了一年多了，“她如今在威斯巴登治疗什么病”，然后从那里去巴黎。萨宁关于自己过去的生活和未来的计划也没有多谈：他直截了当地谈起了主要问题——自己打算出卖庄园的问题。

波洛佐夫默默地听着，只是偶尔看一看房门：要从那儿送早饭来。早饭终于送来了。侍役长在另外两名仆役伴随下端来了几个菜，都是用银盖盖着。

“说的是图拉省那座庄园吗？”波洛佐夫坐到桌旁，往衣领里塞着餐巾问道。

“是图拉省那座。”

“在叶弗烈莫夫县……我知道。”

“你知道我的阿列克谢耶夫卡庄园？”萨宁也坐到桌旁，问。

“知道，当然知道。”波洛佐夫往嘴里塞了一块地菇煎鸡蛋，“玛丽亚·尼古拉耶夫娜——我的妻子在邻近有一座庄园……侍者，把这瓶打开！土地不错——不过农民把你的林子砍了。你为什么要卖呢？”

“等钱用啊，老弟。我想贱卖。你买吧……恰好。”

波洛佐夫喝了一杯酒，用餐巾擦了擦嘴，又慢慢地出声地嚼起来。

“嗯……”他终于开口说，“我不买庄园：没有钱。请把奶油推过来。妻子也许能买。你跟她谈谈吧。如果要价不高，她不会拒绝买的……哎呀，这些德国人真是蠢驴！竟不会烧鱼。好像没有比这更简单的事啦？可他们却在大谈什么‘法特尔兰德[①]应该统一’[②]呢。侍者，把这盘臭菜端走。”

“难道你妻子真是亲自掌管……家业？”萨宁问道。

“亲自掌管。瞧这肉饼很好。向你推荐。我已跟你说过，德米特里·帕夫洛维奇，我不过问妻子的事情——现在再对你重复一遍。”

波洛佐夫继续吧唧吧唧地大嚼着。

“嗯……可我怎么能跟她谈呢，伊波利特·西多雷奇？”

“这很简单，德米特里·帕夫洛维奇。到威斯巴登去。离这儿不远。侍者，你们有没有英国芥末？没有？一群畜生！不过，可别耽搁。我们后天就离开那里。让我给你倒杯酒，这酒味道醇美，不酸。”

① 用俄语讲的德语译音：祖国。

② 一八一五年举行的维也纳会议规定德国变成由三十多个小国组成的松散联邦。后来，特别是从一八四〇年开始，德国兴起了广泛的争取国家统一的运动。

波洛佐夫的脸上有了生气，泛起了红晕;这张脸只有吃……或喝的时候才有生气。

“真的……我不知道，这事怎样才能办成功？”萨宁咕咕哝哝地说。

“你怎么这么突然等钱用？”

“有急用啊，老兄。”

“需要的数目大吗？”

“大。我……怎么跟你说呢？我想……结婚。”

波洛佐夫把端到嘴边的酒杯放到了桌子上。

“结婚？”他用刺耳的尖声（惊讶得声音都变了）反问道，把滚圆的双手交叉放在肚子上，“这么急？”

“是的……很快就要结婚。”

“未婚妻自然是在俄国啰？”

“不，不在俄国。”

“那在哪儿？”

“在此地，法兰克福。”

“哪国人？”

“德国人，不，是意大利人。当地居民。”

“有钱吗？”

“没有。”

“那就是说，爱得很厉害啰？”

“你多么可笑啊！是的，爱得很厉害。”

“因此你才需要钱吗？”

“嗯，是……是的，是的。”

波洛佐夫喝了一口酒，漱了漱口，洗了洗手，细心地在餐巾上把手擦干净，点着了一支雪茄。萨宁默默地看着他。

“只有一个办法，”波洛佐夫向后仰着头，吐出一丝细细的烟缕，终于张嘴说，“找我妻子去。她要是愿意，会把你的全部困难都解决的。”

“可我怎么能看到你妻子呢？你不是说你们后天就离开吗？”

波洛佐夫闭上了眼睛。

“听我跟你说，”他终于嘴里叼着烟，喘着气开口说，“马上回去，赶快打点好行装，到这儿来。我一点出发。马车宽敞，我带你同去。这样再好不过了。现在我要睡一会儿。我呀，老弟，吃完饭一定要睡一会儿。天性如此，无法抗拒。你不要妨碍我。”

萨宁想来想去，蓦地抬起了头：他下定决心了！

“好吧，我同意——谢谢你。十二点半我到这里来，咱们一同去威斯巴登。但愿你妻子不会生气……”

不过波洛佐夫已经打起呼噜来了。只是咕哝了一句“别妨碍我！”，蹬了蹬腿，像婴儿一样睡着了。

萨宁又扫视了一下他那肥胖的身躯、头、脖子、高高仰起来的圆得像苹果似的下巴，便出了旅馆，迈着敏捷的步伐朝罗塞利糖果店走去。必须先告诉杰玛一声。

三十二

他到糖果店的时候，杰玛跟母亲正在店堂里。莱诺雷太太正弯着腰用一把小折叠尺量窗户之间的距离。看到萨宁，她直起身来快活地欢迎了他，虽然稍稍有些不好意思。

“昨天听了您的一番话以后，”她开始说，“我脑子里总在琢磨咱们如何改进糖果店的问题。我想在这儿摆上两个带镜子的货柜。您知道，现在流行这种货柜。然后……”

“好极啦，好极啦，”萨宁打断了她的话头，“这一切都要考虑。不过先请来一下，我有事告诉你们。”他挽着莱诺雷太太和杰玛的手臂，把她们领到了另一个房间里。莱诺雷太太大吃一惊，折叠尺从手里掉到地上。杰玛本来也感到吃惊，可是稍稍凝视了萨宁的脸一下便放心了。萨宁的神色表明确实有事，可是却同时透露着兴高采烈、决心已定的心情。

他请两位女士坐下，自己站在她们面前，挥舞着手，挠着头发，把遇到波洛佐夫、预定到威斯巴登、庄园可能卖掉的情况都告诉了她俩。

“想想我多幸福吧，”他最后喊道，“事情发生了这样的突然变化，我也许根本用不着回俄国去了！婚期也比我的预料要早得多啦！”

“您要什么时候动身呢？”杰玛问道。

“今天，一小时之后；我的朋友雇了一辆马车——他带我去。”

“您会给我们写信吗？”

“一定写！跟那位夫人一谈完，就马上写。”

“您说那位夫人很有钱，是吗？”务实的莱诺雷太太问道。

“非常有钱！她父亲生前是百万富翁——财产全部留给了她。”

“全都给了她一个人？这是您的运气。不过，可要留神，别卖贱啦！要精明而且要拿定主意。可别漫不经心！我理解您想尽快成为杰玛丈夫的愿望……可是审慎为上！不要忘了：庄园卖的钱越多，留给你们俩以及你们孩子们的就越多。”

杰玛转过身去，萨宁又挥舞起手来。

“我会审慎的，您尽管放心好啦，莱诺雷太太！而且我也不打算讨价还价。我跟她要个实价：买就买，不买拉倒。”

“您认识她……那位夫人？”杰玛问道。

“我从来没见过她。”

“您什么时候回来？”

“要是毫无结果，后天就回来；要是有成功的希望，也许多呆一两天。总之，我一分钟也不会耽搁。因为我把心留在这里啦！不过，咱们谈得太久了，我动身前需要跑回旅馆一趟……莱诺雷太太，请伸手祝我走运吧，——在我们俄国总是这么做的。”

“右手还是左手？”

“左手——靠近心脏一些。后天回来——非胜即败！我有一种预感：我会胜利回来的！再见吧，我的亲人，我的好人……”

他抱着莱诺雷太太吻了吻，然后请杰玛跟他到她的房间里去一会儿，说需要告诉她一件很重要的事情……其实他不过是想跟她单独告别而已。莱诺雷太太心里明白，所以也就没有好奇地打听是什么事情这么重要……

萨宁从来没到杰玛的房间里来过。他一跨过这道神圣的门坎儿，爱的全部魅力、全部火焰便油然而生，心里又是欣喜若狂，又是受宠若惊……他用感激的目光朝四周扫了一下，便跪倒在可爱少女的脚下，把脸贴在她身上……

“你是我的？”她低声问道，“你会很快回来吗？”

“我是你的……我会很快回来的。”他气喘吁吁地肯定说。

“我等你，亲爱的。”

片刻之后，萨宁已在大街上朝旅馆跑去。他没有留意头发蓬乱的潘塔莱奥内随后从糖果店大门跑出来对他喊着，一只手高高地举着，挥动着，好像在威吓他。

十二点三刻整，萨宁到了波洛佐夫那里。一辆套着四匹马的马车已停在旅馆门前。看到萨宁，波洛佐夫只是说了一句“啊！决定啦！”就戴上帽子，穿上大衣和套鞋，并且用棉花塞上了耳朵（虽然当时是夏天）到门口来了。侍者们已根据他的吩咐把买来的许多东西装进车里，在他的座位周围摆上了一些绸缎靠垫、小提包、包裹，在他的脚前放了一篮子食品，把一个皮箱拴到车夫座上。波洛佐夫大方地付了钱，由一个殷勤的守门人从后边（虽然在后边却仍然是毕恭毕敬地）扶着，呼哧呼哧地上了车坐下，把自己周围安顿舒适，挑出一支雪茄点上，这才用一根手指向萨宁示意：“你也上来吧！”萨宁坐到他旁边，波洛佐夫通过守门人告诉车夫要好好赶车——要是想得到小费的话。脚踏板响了几下，车门嘭的一声关上了，马车便滚动起来。

三十三

从法兰克福到威斯巴登，如今坐火车用不了一个小时，可是当年特快邮车紧赶也得三个来小时。马换了五次。波洛佐夫不是打瞌睡，就是叼着烟晃悠身子，很少说话；一次也没往窗外看过：他对如画的风景不感兴趣，甚至声称：自然界会使他烦死！萨宁也沉默着，也没欣赏风景：他没有闲心思。他的全部身心都献给了思索、回忆。每到一站，波洛佐夫都如数付清车钱，根据路上跑的时间长短给车夫赏钱——给多少要看他们的努力程度。半路上，他从食品篮子里拿出两个橙子，自己挑了一个好的，另一个给了萨宁。萨宁凝视了自己的同伴一会儿，突然笑了。

“你笑什么？”波洛佐夫问道，一边用白白的短指甲经心地剥着橙子皮。

“笑什么？”萨宁重复问了一遍，“笑我跟你的这次旅行。”

“有什么可笑的？”波洛佐夫把一瓣橙子放进嘴里，问道。

“这件事太奇怪了。说实话，昨天我还没有想到你，就像没有想到中国皇帝似的，可今天却跟你一道坐车去把我的庄园卖给你的妻子；而对你妻子呢，我也是一点也不了解的。”

“天地之大，无奇不有嘛，”波洛佐夫答道，“活久啦什么都会看到。比如，你能想像训练我当传令官的情形吗？可我被训练过；米哈伊尔·帕夫洛维奇大公指挥：‘跑步，叫这个胖少尉跑步！加快速度。’”

萨宁挠了挠耳根。

“请告诉我，伊波利特·西多雷奇，你妻子为人如何？脾气怎样？我很需要知道这个呀。”

“他指挥倒挺舒服：‘跑步！’”波洛佐夫突然发起火来接着说，“可我呢……我是什么滋味？我心里想：把您的军衔和肩章拿回去吧——我不要啦！哦……你问我妻子的情况吗？妻子的为人吗？跟所有的人一样。不要惹她——她不喜欢这个。主要的是你要多说……使她感到有什么可笑的。讲讲你的恋爱经过吧……不过，你知道，要讲得逗趣些。”

“怎么逗趣些呢？”

“就那么讲嘛。你对我讲过爱上了一个人想要结婚。哎，你就把这个过程描述一下吧。”

萨宁生气了。

“你认为这有什么可笑的吗？”

波洛佐夫只是转动了一下眼珠。橙子汁顺着他的下巴往下淌着。

“是你妻子打发你到法兰克福去买东西的吗？”萨宁过了

一会儿问道。

“正是。”

“买的是些什么东西？”

“当然是些玩具啰。”

“玩具？难道你有孩子？”

波洛佐夫甚至把身子从萨宁身旁闪开了一点儿。

“去！我怎么会有孩子呢？不过是女人用的玩意儿……装饰品。化妆用的。”

“你难道懂得这个？”

“懂得。”

“那你方才怎么对我说不管妻子的任何事情呢？”

“别的事情不管。可这……没有关系。由于闲得无聊，是可以管的。而且妻子也相信我的眼力。同时，我又很会讲价儿。”

波洛佐夫的话开始不连贯了，他已经累了。

“你妻子很有钱吗？”

“有钱是有钱。可多半只是自己花。”

“可是对你好像也亏不了吧？”

“我是丈夫嘛。我当然可以花！况且我又对她有用！她嫁我——算是交好运了！我是个听使唤的人！”

波洛佐夫用绸手绢擦了一下脸，重重地吁了一口气，意思是说：“饶了我吧，别再让我说话了。瞧，我说话多费力呀。”

萨宁不再打搅他，又思索起自己的心事来。

马车在威斯巴登的一家旅馆前停下，这家旅馆简直像一座皇宫。旅馆里面立即响起了铃声，接着是一阵忙乱和跑动声；一些身着黑色仆役制服、仪表优雅的人在大门前边殷勤地等待着迎接；一个制服上绣了金线的守门人用力拉开了马车门。

像个凯旋的大将军，波洛佐夫下了车，沿着铺了地毯、芳香扑鼻的楼梯向楼上走去。有个人向他奔来，此人也穿着讲究，但相貌是俄国人——这是他的侍仆。波洛佐夫告诉他，说今后要永远带着他，因为昨夜在法兰克福他波洛佐夫没有用到热水！侍仆在脸上装出惶恐的神色，然后麻利地弯下腰去脱掉了老爷脚上的套鞋。

“玛丽亚·尼古拉耶夫娜在吗？”波洛佐夫问道。

“夫人在。她正在换衣裳呢。要到拉松斯卡娅伯爵夫人那里去吃午饭。”

“啊！到这位夫人那里去！……站住！车里有东西，你亲自去拿出来，搬上去。你呢，德米特里·帕夫洛维奇，”波洛佐夫补充了一句，“去给自己开个房间，三刻钟以后过来。我们一起吃午饭。”

波洛佐夫慢腾腾地继续向前走去，萨宁开了一个比较简朴的房间，进去盥洗完毕，休息了一会儿，就向封·波洛佐夫公爵殿下（Durchlaucht）的高级客房走去。

他进去的时候，这位“公爵”正在富丽堂皇的客厅里，坐在房间中央的一张极其豪华的天鹅绒圈椅上。萨宁的这位萎靡不振的朋友已经洗了个澡，换上了一件极其华贵的缎面便袍，头戴一顶深红色圆锥形带缨小帽。萨宁走到近前端详了他一会儿。他坐在那里一动不动，像一尊塑像；连脸也没有朝这边转一下，眉毛也没有动一动，一点儿声音也没出。这种景象实在壮观！欣赏了他约两分钟，萨宁刚要开口打破这片神圣的宁静，——突然里间的门开了，门口出现了一位年轻美貌的夫人，身穿白绸镶黑花边的连衣裙，手上和脖子上全是钻石，——这就是玛丽亚·尼古拉耶夫娜·波洛佐娃。她那浓密的淡褐色头发编成两条辫子没有绾起来，垂在头的两侧。

三十四

“啊，请原谅！”她面带半是羞涩半是嘲弄的微笑说了一句，立即用一只手抓着一根辫梢，把自己那明亮的灰色大眼睛盯在萨宁身上，“我没想到你们已经到了。”

“这位是萨宁先生，我童年时代的朋友。”波洛佐夫介绍完了，仍然没有转脸看萨宁，也没有站起来，只是用手指了指他。

“是的……我知道……你已经跟我说过了。很高兴认识您。不过我本想请你，伊波利特·西多雷奇……我的侍女今天有些糊涂……”

“给你梳头吗？”

“是的，是的，劳驾啦。请原谅。”玛丽亚·尼古拉耶夫娜脸上带着方才那种微笑重复了一句，朝萨宁点了一下头，迅速转身，回到里间去了，但是她那漂亮的脖颈、俏丽的肩膀、标致的身材却留下了一个昙花一现、挺秀和谐的印象。

波洛佐夫站起来，笨重地一跩一跩地进了那扇门。

萨宁一秒钟也没有怀疑过，他在“波洛佐夫公爵”客厅里，这一点女主人是再清楚不过的；她搞这个场面，无非是要显示一下自己那的确很美的秀发而已。萨宁心里对波洛佐娃这个反常的举动甚至感到高兴，他想，她既然想叫我惊讶，想在我面前卖弄，那说不定在庄园的价格上也会好说话呢。他一心想着杰玛，因此别的女人对他都没有任何意义：他几乎看不到她们的存在；这次他也只是在心里想道："是的，人们对我讲的是实话：这位夫人再漂亮不过了！"

他如果不是处在这种特殊心境，他准会有另外一种想法：波洛佐娃娘家姓科雷什金娜，是个很不寻常的人物。且不说她并非是个绝代佳人，她身上甚至相当明显地呈现着平民出身的痕迹。她的前额低，鼻子有些肥大而且翘着；无论在皮肤的细腻还是手脚的纤巧方面，她都不能夸耀，——可是这有什么关系呢？在普希金所说的"圣洁的美"[①]面前，并非每个看到它的人都会被吸引住；可是在健壮而丰润的、既像俄国女人又像茨冈女人的肉体的魅力面前，人却会情不自禁地被吸引住！

可是杰玛的形象却像诗人们所歌颂的三重铠甲那样保护着萨宁。

过了十来分钟，玛丽亚·尼古拉耶夫娜在丈夫的陪伴下又出现了。她朝萨宁走来……她这种步态呀，嗐，在那已经远逝的时代只是这种步态就足以使一些怪人神魂颠倒了。有个怪人

① 见普希金的诗《美人》(1832)。

曾说过："这个女人朝你走来的时候，那神态仿佛给你送来了终生的幸福。"她走到萨宁跟前，伸出一只手给他，并用自己那种温存而有些拘谨的声音用俄语说："您会等我，是吗？我很快就回来。"

萨宁恭敬地鞠了一躬，玛丽亚·尼古拉耶夫娜已经到了门外，临走时又回了一下头，又嫣然一笑，又留下了一个方才那种挺秀和谐的印象。

她微笑的时候，她的每边腮上露出的笑窝儿不是一个、两个，而是整整三个，而且眼睛比嘴唇，比她那鲜红、细长、喷香、左边有两颗小痣的嘴唇笑意更浓。

波洛佐夫进来又坐到圈椅上。他仍然不说话，可是一种奇怪的讪笑却不时使他那没有血色的、已经布上皱纹的脸腮鼓起来。

他虽然只比萨宁大三岁，却显得老相。

他款待客人的这顿午饭，当然能使最挑剔的美食家也会感到满意，可萨宁却觉得这顿饭没完没了，难以忍受！波洛佐夫"感情充沛、流利清楚、有板有眼地"[①]吃着，他把头细心

① 见格里鲍耶陀夫《聪明误》第二幕第一场，系大贵族法穆索夫吩咐仆人如何给他读书时用语。

地俯在盘子上，几乎把每块东西都闻了个遍；他先喝一口葡萄酒漱漱口，咽了下去，吧嗒了一会儿嘴唇……吃完烤菜以后，他突然谈兴大发——可谈的是什么呢？细毛绵羊，他计划订购一群细毛绵羊，谈得那么详细，那么充满柔情，用的全是表示爱的小字眼儿。他喝了一杯像开水般滚热的咖啡（他几次声泪俱下地向侍者诉苦，说昨天给他的咖啡——是凉的，凉得像冰一样！），然后用歪歪扭扭的黄牙咬着哈瓦那雪茄，按照通常的习惯打起瞌睡来，这使萨宁颇为高兴。萨宁开始在柔软的地毯上无声地踱起步来——同时幻想着将来跟杰玛共同生活的情景，并推测着能带什么消息回去见她。不过波洛佐夫醒了，据他自己说，醒得比通常早——总共只睡了一个半小时。他喝了一杯带冰块的碳酐矿泉水，吃了八九勺果酱（俄国果酱，是侍仆用深绿色的真正“基辅”罐子给他带来的，他说，没有这种果酱，他没法活），用微肿的眼睛盯着萨宁问他是否愿意跟他玩一会儿捉傻瓜①。萨宁欣然同意；他怕波洛佐夫再谈绵羊、小母羊和肥羊尾。主客两人来到会客室，侍者拿来纸牌，于是就玩了起来，当然，不赌钱。

① 一种牌戏，输者为傻瓜。

玛丽亚·尼古拉耶夫娜从拉松斯卡娅伯爵夫人那里回来的时候，他们正在从事这种无害的活动。

她一进屋，看到纸牌和铺着的牌桌，就高声大笑起来。萨宁急忙从座位上站起来，她便大声说：

“请坐，接着玩吧。我现在去换衣服，马上就回来。”说完就走了，边走边脱掉手套，衣服发出了一阵窸窣声。

她果然很快就回来了。她脱下盛装，换上了一件肥口袖子、淡紫色宽松绸短衫；腰上系着一根粗绦带子。她坐到丈夫旁边，等他当了傻瓜以后，便对他说：“喂，胖墩儿，够啦！（听到“胖墩儿”这个称呼，萨宁惊奇地看了她一眼，她也看了萨宁一眼，快活地笑了笑，露出两腮上的全部酒窝儿。）够啦；我看你想睡觉啦，吻一下我的手，走吧；我跟萨宁先生单独谈谈。”

“睡倒不想睡，”波洛佐夫笨重地从圈椅上站起来说，“走还是要走的，让我吻吻你的小手。”她把手掌伸给他，不停地笑着，看着萨宁。

波洛佐夫也看了萨宁一眼，没有告别就走了。

“喂，讲吧，讲吧，”她把两条裸露的臂肘一下子支到桌上，急不可耐地用一只手的指甲敲着另一只手的指甲，催促着说，

“听说您要结婚，真的吗？”

说完这话，玛丽亚·尼古拉耶夫娜甚至微微侧过头来，以便更专注更犀利地凝视萨宁的眼睛。

三十五

波洛佐娃夫人的态度是轻佻而亲昵的，萨宁虽不是初出茅庐，在社交界已混过一阵子，可是他如果不认为这种态度是他成功的好兆头的话，大概起初也会感到难为情的。“迁就一下这位阔夫人的任性吧。”他心里这样决定以后，便用跟她发问时一样随便的语调回答说：

“是的，我要结婚。”

“跟什么人？外国人吗？”

“是的。”

“您是不久前才认识她的吗？在法兰克福吗？”

“一点不错。”

“她是个什么人？可以问问吗？”

“可以。她是糖果店掌柜的女儿。”

玛丽亚·尼古拉耶夫娜瞪大眼睛，扬起了眉毛。

“这太妙啦，”她用慢腾腾的语调说，“简直是奇迹！我早已认为像您这样的年轻人在世界上再也遇不到了。糖果店掌柜的女儿！”

“我看，这使您感到惊讶，”萨宁不无自尊地指出，“可是，第一，我根本没有那种偏见……”

“第一，这丝毫不使我感到惊讶，”玛丽亚·尼古拉耶夫娜打断了他的话，“我也没有偏见。我自己就是农民的女儿。怎么样，得意了吧？使我感到惊讶和高兴的是看到有人胆敢去追求爱情。您爱她，是吧？”

“是的。”

“她长得很美吗？”

这后一个问题，使萨宁有些讨厌……可是回避已经不行了。

“您知道，玛丽亚·尼古拉耶夫娜，”他开始说，“每个人都觉得自己的情人容貌最美，而我的未婚妻却实实在在是个美人儿。”

“真的？哪种类型的美人？意大利型的？古典型的？”

“是的；她的五官非常端正。”

“您有她的肖像吗？”

“没有。”（那时还压根儿没有现代这种照相术。银板照相术也才刚刚兴起。）

“她叫什么名字？”

“她的名字叫杰玛。”

“您的名字呢？”

“德米特里。”

“父称呢？”

“帕夫洛维奇。”

“您知道吗，”玛丽亚·尼古拉耶夫娜仍然用慢腾腾的声调说，“我很喜欢您，德米特里·帕夫洛维奇。您一定是个好人。请把您的手给我。我们交个朋友吧。”

她用美丽、白皙、有力的手指紧紧地握了握萨宁的手。她的手比萨宁的手小一些，可是更温暖、更光滑、更柔软、更热情。

“不过，您知道我脑袋里有个什么想法吗？”

“什么想法呢？”

“您不生气？不？您说，她是您的未婚妻。可是难道……难道一定需要这么做吗？”

萨宁皱起了眉头。

“我不懂您的意思，玛丽亚·尼古拉耶夫娜。”

玛丽亚·尼古拉耶夫娜轻轻地笑了，仰了一下头，把落到脸腮上的头发甩了回去。

“他真迷人，”她既像沉思又像漫不经心地说，“是个骑士！今后再也不能相信人们所说的理想主义者已绝种的话啦！”

玛丽亚·尼古拉耶夫娜始终讲俄语，她的俄语讲得出奇的纯正，地道的莫斯科话，——老百姓的话，没有贵族腔调。

“您准是在旧式敬神的家庭里长大的吧？”她问，“您是哪省人？”

“图拉省。”

“嗬，咱们还是同乡呢。我父亲……您知道我父亲是什么人吧？”

“是的，知道。”

“他生在图拉……是图拉人。哎，好啦……（玛丽亚·尼古拉耶夫娜故意把这个“好啦”用纯粹小市民的腔调说出来。）那就让我们现在谈正事吧。”

“什么……谈什么正事？您这话是什么意思？”

玛丽亚·尼古拉耶夫娜微微眯缝起眼睛来。

“您到这里来的目的是什么？（她的眼睛眯缝起来的时候，目光变得很温柔，稍稍有些嘲弄人的神色；可是眼睛睁大的时候，她那明亮的、几乎冰冷的目光里却流露着某种不善的……威吓人的煞气。她的眉毛又浓又亮，微微蹙着，使她的两眼显得特别美。）您想让我买您的庄园吧？您需要钱结婚？不是吗？”

“是的，我需要钱。”

“您需要很多钱吗？”

“第一步有几千法郎大概够了。您丈夫了解我的庄园。您可以跟他商量一下，我要的价不高。”

玛丽亚·尼古拉耶夫娜摇了摇头。

“第一，”她用指尖敲着萨宁常礼服的袖口一顿一挫地说，“我没有跟丈夫商量的习惯，除了在化妆方面——他在这方面是个好样的；第二，您为什么说要价不高？我不想利用您如今正在热恋之中决心做出任何牺牲的机会……我不接受您的任何牺牲。怎么？我非但不鼓励您的——哎，怎么说更好呢？……高尚的情操，对吧？——反而要剥掉您的一层皮？这不是我的习惯。有时候我是不饶人的，不过不是用这种方式。”

萨宁无论如何没能弄明白：她这话是在笑他还是当真？不过心里却说：“跟你打交道，耳朵可得尖！”

仆人用大盘子端来俄国茶炊、茶具、奶油、面包干，等等，把这些东西统统摆在萨宁和波洛佐娃夫人之间的桌子上，然后就走开了。

她给他倒了一杯茶。

“您不嫌吧？”她用手指拿一块方糖放到他碗里……可是夹子就在旁边。

“哪儿的话！……这样漂亮的手……”

他这句话没说完，险些被一口茶呛着，她则用专注、明澈的目光凝视着他。

“我所以提要价不高，”他继续说，“是因为您目前在国外，我不能认为您身边会有许多闲钱，而且我自己也觉得卖……或买庄园在这种情况下都是一种不正常的事情，我应该考虑到这一点。”

萨宁颠三倒四地说着，玛丽亚·尼古拉耶夫娜把身子轻轻地靠到椅背上，两手交叉抱在胸前，仍然用专注而明澈的目光凝视着他。他终于停下来了。

“没关系，讲吧，讲吧，”她好像在帮助他似的说，“我听您讲呢；听您讲话，我感到愉快。讲吧。”

萨宁开始描述起自己的庄园来，讲它有多少俄亩土地，在什么地方，有些什么经营项目，可以得到多少进项……甚至还提到了宅院旁边的优美景色；玛丽亚·尼古拉耶夫娜始终凝视着他，目光越来越明澈而专注，脸上没有微笑，两唇微微地动着：她在咬嘴唇。他终于感到不好意思；再次停下来了。

“德米特里·帕夫洛维奇……”玛丽亚·尼古拉耶夫娜刚开始说——又沉思起来。“德米特里·帕夫洛维奇……”她重复了一遍，“您知道吗：我相信，买您的庄园对我是很合算的一桩买卖，我们会成交的；不过您应该给我……两天——是的，两天期限。您能够跟未婚妻分开两天吧？我决不违反您的意志再多耽搁您——我向您保证。要是您现在就需要五六千法郎，我非常愿意借给您——咱们以后会算清的。”

萨宁站起身来。

“我应当感谢您，玛丽亚·尼古拉耶夫娜，谢谢您热情亲切地愿意援助一个几乎完全陌生的人……不过，要是您一定需要的话，我愿意听候您的决定，——在此地停留两天。”

“是的，我需要这样，德米特里·帕夫洛维奇。您会很难受吗？很难受吗？请告诉我。”

“我爱自己的未婚妻，玛丽亚·尼古拉耶夫娜，跟她不在一起，我是不轻松的。”

“哎呀，您真是个难得的好人哪！”玛丽亚·尼古拉耶夫娜叹了口气说，“我答应不过分折磨您。您要走吗？”

“夜已深了。”萨宁说。

“您一路劳累而且还跟我丈夫玩捉傻瓜，需要休息。请告诉我——您跟伊波利特·西多雷奇，跟我丈夫交情很深吗？”

“我们在一个寄宿学校学习过。”

“他当时就这样吗？”

“‘这样’是什么样？”萨宁问道。

玛丽亚·尼古拉耶夫娜突然笑了，笑得满脸通红，拿手帕捂着嘴唇，从圈椅上站起来，像累了似的摇摇晃晃地走到萨宁跟前，伸给他一只手。

萨宁鞠了一躬，朝门外走去。

“请明天早些过来——听到啦？”她随后对他喊了一声。他离开房间前回头看了一下，看到她又坐到圈椅上，把两手垫在脑后。短衫的宽袖几乎滑到肩膀上——不能不承认，这两臂的姿势、这全身的形象是美得迷人的。

三十六

午夜过了很久，萨宁房间的灯还亮着。他坐在桌旁给“自己的杰玛”写信。他把各种情况都告诉了她，向她描述了波洛佐夫夫妇的为人，不过更多的还是倾吐自己的感情，末了告诉她三天以后见面！！！（加了三个感叹号）一大早，他就到邮局把信寄了，然后去库尔豪扎公园散步。那儿已在演奏乐曲。游人还不多，他在乐队所在的小亭子前边站了一会儿，听完歌剧《魔鬼罗伯特》①的集成曲，喝完咖啡，便进了旁边一条幽静的林阴路，坐到一条长凳上遐想起来。

一把阳伞柄儿在他肩上敏捷而相当有力地敲了一下。他不觉一怔……原来是玛丽亚·尼古拉耶夫娜站在他面前，她身穿灰绿色透亮印花轻纱连衣裙，头戴白色透花纱帽，手戴瑞典手套，脸色娇艳红润，像夏天的清晨，可是一夜安眠留下的慵懒还没有从举止和眼神中消失。

“您好，”她说，“我今天派人去请您，可您已经出来了。我刚喝完第二杯矿泉水，您知道吗，这儿的人叫我喝矿泉水——上帝晓得为什么……我会有病吗？现在我必须散步一小时。您愿意做我的同伴吗？然后我们回去喝咖啡。”

① 指迈尔贝尔（1791—1864）根据斯克里巴的脚本谱写的歌剧。这出歌剧一八三一年一上演，立即轰动全欧洲。

“我已经喝过了，”萨宁说着站了起来，“不过我很高兴同您一起散步。”

“那就把您的胳膊给我吧……别怕：您的未婚妻不在这儿——她看不到您。”

萨宁干笑了一下。玛丽亚·尼古拉耶夫娜每次提到杰玛时，萨宁都感到不愉快。然而他急忙顺从地鞠了一躬……玛丽亚·尼古拉耶夫娜的胳膊慢慢地轻柔地放到他的胳膊上，在他的胳膊上滑了一下，便好像粘上去了。

“往这边走，”她把撑开的阳伞扛在肩上，对他说，“我对这座公园像对家里一样熟悉，我领您走几个好地方。您知道吗（这是她常用的口头语）:现在不谈买卖的事;等早饭后,咱们好好谈谈;您现在应当对我讲讲自己的情况……好让我知道跟我打交道的是个什么人。然后，要是您高兴，我再对您讲讲我自己。同意吗？”

“可是，玛丽亚·尼古拉耶夫娜，这对您能有什么意思呢？……”

“等等，等等。您把我的话理解错了。我不想跟您调情。”玛丽亚·尼古拉耶夫娜耸了耸肩膀，“他有一个未婚妻，美得像古代雕像一般，我会跟他调情吗！？不过，您有商品，我是买主。我也想知道您的商品货色如何。好吧，请展示一下商品货色吧。我不仅想知道我买的是什么，而且想知道在向什么人买。这是我爹的规矩。喂，开始吧……嗯，不从童年讲起也可以。噢，就从这儿讲吧——您来国外很久了吗？您在这之前到过什么地方？不过请走慢些——咱们没有必要着急。”

“我是从意大利来到此地的，在意大利呆了几个月。”

“看来您对意大利的一切有特殊兴趣？奇怪，您怎么没有在那里找到对象。您喜欢艺术？绘画？还是更喜欢音乐？”

“我喜欢艺术……一切美的东西，我都喜欢。”

“也喜欢音乐？”

“喜欢。”

“可我却毫不喜欢。我只喜欢俄国歌曲，而且还是农村春天跳舞时唱的那种，您知道……红布衫，珠串，牧场上一片嫩绿的小草，微微飘着轻烟……妙极了！不过现在不是谈我。请接着说吧，讲下去。”

玛丽亚·尼古拉耶夫娜一边走着，一边不时地瞧着萨宁。她是高个儿，脸几乎跟萨宁的脸一般高。

萨宁讲起来——起初是不情愿的，干巴巴的，可后来越讲越高兴，几乎可以说是口若悬河了。玛丽亚·尼古拉耶夫娜很聪慧地听着他讲；而且她显得那么坦率，引得别人也情不自禁地跟着坦率起来。她具有红衣主教雷兹[1]所说的那种巨大的“交际才能”——“le terrible don de la familiarité [2]”。萨宁谈了自己旅游的情况，谈了在彼得堡的生活，谈了自己的青年时代……假如玛丽亚·尼古拉耶夫娜像个举止娴雅的贵夫人的话，萨宁是决不会这么无拘无束的；可是她自称是忍受不了任何俗套的小伙子；她自己就是这么向萨宁自我介绍的。这个“小伙子”迈着猫一般轻盈的步伐走在他旁边，轻轻靠在他身上，不时往他脸上瞟几眼；而这个“小伙子”是这样一个年轻的女人，从这个女人身上不断散发着又令人陶醉又令人痛苦、又文静又火热的诱惑，只有某些不是纯斯拉夫性格（经过适当混合的）的女人才会用这种诱惑征服我们这些有罪的、软弱的男人！

萨宁跟玛丽亚·尼古拉耶夫娜边走边谈，持续了一个多小时。他们一直没有停下过，不停地在公园里没有尽头的林阴路上走着，一会儿爬到山上去欣赏美景，一会儿下到平地隐没在浓荫如盖的树下——总是胳膊挎着胳膊。萨宁有时甚至感到遗憾：他跟杰玛，跟自己那可爱的杰玛散步从来没能这么久……

① 红衣主教雷兹（1614—1679），法国政治活动家、投石党运动的积极参加者，著有一些闪烁着才华和机智的回忆录，这些回忆录使他进入了十七世纪优秀法国作家行列。

② 法语：表示亲昵的可怕才能。

而这位夫人却能轻而易举地使他听任摆布！

“您不累吗？”他不止一次地问道。

“我永远不会累。”她答道。

他们偶尔遇到过几个游人；这几个游人几乎都向她点头致意——有的人是尊敬，有的人甚至是巴结。其中有一个相貌极其漂亮、衣着考究的黑发男子，她老远就喊了他一声，用最纯正的巴黎口音说：“Comte，vous savez，il ne faut pas venir me voir-ni aujourd’hui, ni demain.[①]”那人默默地摘下帽子，深深地鞠了一躬。

“这是个什么人？”萨宁按照所有俄国人都有的“好奇”的坏习惯问道。

“他吗？是个法国人——这儿法国人很多……也在向我献殷勤。不过该喝咖啡了。回去吧；您大概已经饿了。我的那口子现在已经该把眼揉开了。”

“‘那口子’！‘把眼揉开了’！”萨宁在心里重复了一遍，“法语却说得那么出色……真是个怪女人！”

玛丽亚·尼古拉耶夫娜没有说错。她和萨宁回到旅馆的时

① 法语：伯爵，您知道，无论今天还是明天都不要到我这儿来。

候，“那口子”或者说“胖墩儿”已经戴着那顶常戴的圆锥形小帽坐在摆好的餐桌前边了。

“你可叫我等腻了！”他喊完，苦笑了一下，“我已经打算自己先喝咖啡了。”

“没什么，没什么，”玛丽亚·尼古拉耶夫娜快活地解释说，“你生气啦？这对你有好处：否则你会完全僵化的。我把客人带来了。快按铃！让咱们喝咖啡吧，来咖啡，最好的咖啡，用萨克森[1]瓷杯，铺上雪白的台布！”

她扔掉了帽子和手套，拍起巴掌来。

波洛佐夫皱着眉头觑了她一眼。

“你今天怎么跑了这么久，玛丽亚·尼古拉耶夫娜？”他低声问道。

“这不关您的事，伊波利特·西多雷奇！去按铃吧！德米特里·帕夫洛维奇，请坐，再喝一次咖啡吧！啊，发号施令多么快活呀！天下再没有更惬意的事了。”

“还要有人服从。”丈夫又嘟囔了一句。

“对呀，还要有人服从！因此我才快活呀。特别是跟你在

① 旧德省名，在易北河上游，以产瓷器著称。

一起的时候。对吧，胖墩儿？瞧，咖啡来了。”

在侍者端东西的大盘子上还有一张海报。玛丽亚·尼古拉耶夫娜立即抓了起来。

“是正剧！”她生气地喊道，“德国正剧。反正比德国喜剧强。吩咐给我订个包厢——楼下两侧的包厢——不……最好订个 Fremden-Loge[①]，”她转身对着侍者说，“听着：一定要订 Fremden-Loge！”

“可是，如果 Fremden-Loge 被市长阁下（seine Excellenz der Herr Stadt-Director）订去……”侍者大胆地回驳道。

“给市长阁下三十银马克，叫他把包厢给我！听到了吗！”

侍者顺从而犯愁地低下了头。

“德米特里·帕夫洛维奇，您陪我去看剧吗？德国演员真要命——可是您会陪我去的……是吗？是的！您多么好说话儿啊！胖墩儿，你就不去了吧？”

“听你吩咐就是了。”波洛佐夫对着端到嘴边的杯子说。

“知道吗：你留下。你在剧院总是睡觉，而且德语你也听不太懂。你最好干什么呢：给管家写封回信吧——你记得，关

① 德语：供外国人用的包厢。

于我们的磨房……关于农民磨粉的问题。告诉他，我不愿意，不愿意，不愿意！这就是你今天一晚上的工作……”

“听到啦。”波洛佐夫说。

“那就好极啦。你真是个聪明人。现在呢，先生们，我们既然已经谈到管家了，那就让我们一块儿谈谈我们的主要问题吧。等侍者一收拾完桌子，德米特里·帕夫洛维奇，就请把关于庄园的情况全都对我们讲讲——卖什么，怎么卖，要什么价，需要预付多少定钱，总之，各种情况都讲讲！（“终于谈正题了，”萨宁心里说。“谢天谢地！”）您已经对我讲过一些了，记得吗，您曾绝妙地描绘过自己的花园——可当时胖墩儿不在场……让他听听——他总会吭哧出个什么见解来的！想到我能帮助您成婚，我是很高兴的，——而且我已答应过早饭后商谈您的问题；我总是信守诺言的。对吧，伊波利特·西多雷奇？”

波洛佐夫用手抹了一下脸。

“真的就是真的，您从来谁也不欺骗。”

“从来不！我从来不骗任何人。好吧，德米特里·帕夫洛维奇，用我国枢密院常用的话说，请陈述事情原委吧。”

三十七

萨宁开始“陈述事情原委”——也就是说又第二次描述自己的庄园，不过这次已不涉及自然美景了，而是不断地要波洛佐夫证实他所列举的“事实与数字”。波洛佐夫只是哼哼哈哈地应着，晃动着头，然而这究竟是表示赞同还是不赞同呢——大概鬼也搞不清。不过玛丽亚·尼古拉耶夫娜也并不需要他参加意见。她表现出来的经商和管理才能实在令人赞叹！经营管理的详情细节，她都一清二楚；各种情况都仔细问到了，什么情况都了解了；她的每句话都一语破的，一针见血。萨宁没有料到会有这样的考试：他事先没有准备。这场考试继续了整整一个半小时。萨宁觉得自己像个被告，坐在窄窄的条凳上，对着严厉而明察秋毫的法官。“这简直是审问！”他心里不高兴地嘀咕说。玛丽亚·尼古拉耶夫娜总是笑着，好像在开玩笑，可是萨宁并不因此而感到轻松些；当在“审问”过程中发现自己对“重分土地”和“劳役租制”这两个词①的含义不完全清楚的时候，他甚至冒出了汗珠……

“好啦！”玛丽亚·尼古拉耶夫娜终于决定了，“对您的庄园，我现在了解得……不比您差。每个农奴要价多少？（大家知道，

① 旧俄实行村社土地所有制时土地每隔几年按人口重分一次，称为重分土地；劳役租制指农奴为地主耕种土地以代替交纳地租的制度。

当时庄园的卖价是按农奴人数决定的。)”

“嗯……我想……少于五百卢布是不行的。”萨宁费力地说。(喔，潘塔莱奥内，潘塔莱奥内，你在哪儿？如果在场，你又该喊“Barbari！”了)。

玛丽亚·尼古拉耶夫娜抬眼望着天花板，好像在核计。

“好吧，”她终于开口说，“这个价钱，我觉得不过分。不过承蒙您给了我两天期限——您应该等到明天。我想我们会成交的——那时您再告诉我您需要多少定钱。现在 basta cosi！[①]”她看到萨宁要反驳什么，便接着说，“我们方才已为讨厌的钱财问题忙够了……á demain les affaires！[②]您知道吗：我现在放您走（她看了一下塞在腰带上的珐琅小表）……到三点……需要让您休息一下。去玩轮盘赌吧。”

“我从来不赌钱。”萨宁说。

“真的？您可真是个完人。其实，我也不赌钱。拿钱随便扔、碰运气是愚蠢的。不过还是到赌场去吧，去看看各种嘴脸。有些嘴脸是很可笑的。那儿有一个老太婆额上戴着宝石，长了胡子，——好看极啦！那儿有我们的一位公爵——也好看。仪表

① 意大利语：够了！
② 法语：买卖的事情明天再说！

堂堂，鹰钩鼻子，可是下了三马克银币赌注就偷偷地在坎肩里边画十字。去看看杂志，散散步，一句话，随便您干什么……三点钟，我等您……de pied ferme[①]。必须早些吃饭。在可笑的德国人这里，剧院六点半开演。”她向他伸出手来，“Sans rancune，n' est-ce pas ? [②]”

“哪儿的话，玛丽亚·尼古拉耶夫娜，我为什么要恨您呢? ”

“因为我方才折磨过您啊。等着吧，还有更厉害的呢。”她眯缝起眼睛，补充了一句，所有的酒窝都一下子出现在那绯红的脸腮上。“再见！”

萨宁鞠了一躬出来了。身后传来了快活的笑声，他这时正经过一面镜子，镜子里映出了这样一个场面：玛丽亚·尼古拉耶夫娜把丈夫的小帽从头上扒到眼上，丈夫的两手正在无可奈何地抓挠着。

① 法语：一言为定。

② 法语：您不恨我，对吗?

三十八

啊！萨宁回到自己房间以后多么高兴地深深地舒了一口气啊！果然如此：玛丽亚·尼古拉耶夫娜说得对——他是需要休息一下；这新的结识、接触、谈话、钻到头脑里和心灵里的胡思乱想，跟这个如此陌生的女人意外的、不由自主的亲近，在这一切之后他是需要休息一下！这一切都是在什么时候发生的呢？几乎就是在他知道杰玛爱他、他成了杰玛未婚夫的第二天！这是一种亵渎神圣的行为呀！他心里千百次地向自己那纯洁无瑕的小鸽子请求宽恕，虽然，说老实话，他对自己也并没有什么可责备的；他千百次地亲吻她送给他的那个小十字架。如果他来威斯巴登要办的那件事情没有希望马上顺利办妥的话，他会立即赶回去的，回到亲切的法兰克福去，回到那可爱的、如今已对他有亲属之情的家去，回到她的身旁，拜倒在她那秀美的脚下……可是没有办法！必须把苦酒喝完，必须穿戴整齐去吃饭，然后去剧院……但愿明天她能快些放他回去！

还有一个情况使他难受，使他生气：那就是他怀着爱情，怀着喜悦，怀着感激想杰玛，想他俩的共同生活，想他未来幸福的时候，这个奇怪的女人，这个波洛佐娃夫人却寸步不离地出现……不！不是出现——而是矗在他的眼前……而且照萨宁的说法，还带着特别幸灾乐祸的心情，他摆脱不了她的影子，他不能不听到她的声音，不能不想到她的言谈——他甚至不能不嗅到她衣服上散发的幽雅、清馨、沁人心脾、像芬芳的黄百合花似的那种特殊香味。这位夫人显然在拿他开心，在千方百计地接近他……这是为什么呢？她要干什么？难道这只是一个娇生惯养的、有钱的、也许还放荡的女人的任性？那么这个丈夫呢？！他是个什么人物？他对她是什么态度？说实话，波洛佐夫和他的妻子跟萨宁毫不相干，这些问题为什么往萨宁的脑袋里钻？他为什么在一心一意想着那个像白昼一般光辉明朗的意中人时还赶不走这张纠缠不休的脸？这张脸怎么敢透过那人的几乎像天仙一般的容颜显现出来呢？这张脸不仅透过那人的姣好容颜显现出来，而且还在放肆地笑着。这灰色的凶狠的眼睛，这酒窝儿，这蛇似的辫子——难道这一切都粘到他身上，他没有力量把这一切抖掉，甩开？

胡说！胡说！明天这一切就会消失得无影无踪……可是她明天会放他走吗？

是的……这些问题，他都给自己提出过。可是时间已快到三点了——他穿上黑燕尾服，在公园里稍稍走了一会儿，就到波洛佐夫夫妇那儿去了。

他到波洛佐夫夫妇客厅的时候，看到大使馆秘书在座，他是个德国人，细高细高的个子，马脸，从后边分开的浅色头发（当时这种发型还时髦），还有……啊，真是奇迹！还有谁呢？登霍夫，就是几天前跟他决斗过的那个军官！他无论如何没有想到在这儿会遇到他——不由得感到一阵尴尬，不过他还是向他鞠了一躬。

“你们认识？”玛丽亚·尼古拉耶夫娜问道，萨宁的窘态没有躲过她的眼睛。

“是的……我已有幸认识。”登霍夫说完便把身子微微侧向玛丽亚·尼古拉耶夫娜那边，带着微笑低声补充了一句：“就是那位……你的同胞……俄国人……”

“不可能！”她也低声喊了一句，并用手指吓唬了他一下，接着就立即提醒他和那个细高个儿大使馆秘书该走了；从各种迹象可以看出来，那个秘书是在没命地爱着她的，因为他每次看她的时候，甚至连嘴都张开了。登霍夫立即客客气气地顺从地走了，因为他作为家里的朋友，听半句话就能明白人家对他的要求是什么；那位秘书却想赖着不走，但是玛丽亚·尼古拉耶夫娜毫不客气地把他送走了。

“找您的贵夫人去吧，”她对他说（当时有个摩纳哥公主住在威斯巴登，极像下等暗娼），“您坐在我这样一个平民百姓家里干吗？”

“怎能这么说呢，夫人，”倒霉的秘书辩驳说，“世界上的公主全都……”

然而玛丽亚·尼古拉耶夫娜是无情的——秘书只好带着他的时髦发型走了。

玛丽亚·尼古拉耶夫娜这天打扮得正像我们的祖母们常讲的那样，极为“花枝招展”。她身穿一件粉红色闪光绸连衣裙，袖子à la Fontanges[①]的袖子，两耳各戴一颗大钻石耳环。她的眼睛晶莹闪亮，不亚于那两颗钻石：她显得心花怒放，神采飞扬。

她让萨宁坐到身边，开始跟他讲巴黎，说她准备过几天就去那里；讲德国人，说德国人使她感到腻烦，说他们卖弄聪明的时候显得愚蠢，而表现愚蠢的时候又不适当地显得聪明；讲着讲着，突然，正如俗话说的，开门见山地——à brule pourpoint——问他：几天前果真为了一位女士跟方才坐在这儿的那个军官决斗过吗？

① 法语：像丰唐。（丰唐公爵夫人是法国国王路易十四的情妇。）

“您是怎么知道的？”萨宁感到惊讶，讷讷地问道。

“到处都在传嘛，德米特里·帕夫洛维奇；不过，我知道您是对的，对极了——您的行为像个骑士。请告诉我，那位女士就是您的未婚妻吗？”

萨宁微微皱起了眉头……

“好啦，不谈这个啦，不谈啦，”玛丽亚·尼古拉耶夫娜急忙说，“这使您感到不愉快，原谅我，不谈了！别生气！”波洛佐夫手里拿着一张报纸从隔壁房间里走了出来。“你怎么？是饭准备好了吗？”

“饭马上就端来，你瞧，我在《北方蜜蜂》上读到……格罗莫鲍伊公爵逝世了。”

玛丽亚·尼古拉耶夫娜抬起了头。

“啊！愿他升入天国！每年二月，”她转身对萨宁说，“我过生日那天，他把各个房间都用山茶花装饰起来。不过为了这个，还不值得冬天住在彼得堡。他大概已过七十了吧？”她问丈夫。

“过了。报上描写了他的葬礼。整个宫廷都参加了。这里还登了科夫里日金公爵的一首挽诗呢。”

“好极啦。”

“要我念念吗？公爵称他为足智多谋的大丈夫呢。”

“不，不要念吧。他算什么足智多谋的大丈夫！不过是塔季扬娜·尤里耶夫娜的丈夫罢了。咱们吃饭去吧。活人考虑活人的事儿。德米特里·帕夫洛维奇，把您的胳膊给我。”

这顿饭跟昨天一样丰盛得出奇，而且席间的气氛极为活跃。玛丽亚·尼古拉耶夫娜善于言谈——女人少有这种才能，尤其是俄国女人！她说话泼辣，毫无忌讳；女同胞们被她挖苦得尤其厉害。一些尖刻的俏皮话不止一次引得萨宁放声大笑。玛丽亚·尼古拉耶夫娜最不能容忍伪善、空话和谎言……她几乎到处都能发现谎言。她好像在炫耀她在其中开始生活的那个下层社会；她讲了父母在她童年时代的几个相当出奇的故事；她管自己叫乡下佬，跟玛丽亚·基里洛夫娜·纳雷什金娜[①]一样。萨宁马上就看出来，她的经历远比她的许多同龄人丰富。

波洛佐夫深思熟虑地吃着，聚精会神地喝着，只是偶尔抬起他那灰白的、看上去瞎乎乎的、而实际上却很锐利的眼睛，一会儿看看妻子，一会儿看看萨宁。

① 沙皇阿列克谢·米哈伊洛维奇的第二个妻子，彼得大帝之母，出身寒微。

“你真聪明！”玛丽亚·尼古拉耶夫娜对着他喊道，“你去法兰克福把我托你办的事办得多好啊！我本想吻吻你的额头，可你不稀罕这个。”

“不稀罕。”波洛佐夫说完，用银餐刀切开了一个菠萝。

玛丽亚·尼古拉耶夫娜看了看他，用手指敲了敲桌子。

“我们打的赌还算数吧？”她有所指地问道。

“算数。”

“好吧。你会输的。”

波洛佐夫把下巴伸向前边。

“喂，这次不管你多么自信，玛丽亚·尼古拉耶夫娜，我认为你输定啦。”

“打什么赌？可以告诉我吗？”萨宁问道。

“不……现在不行。”玛丽亚·尼古拉耶夫娜说完就笑了。

钟敲了七下。侍者进来禀报说马车套好了。波洛佐夫送走了妻子，马上便回到了自己的圈椅上。

“记住！别忘了给管家写信！”玛丽亚·尼古拉耶夫娜从穿堂儿里对他喊道。

“一定写，放心吧。我办事不拖拉！”

三十九

一八四〇年那时候，威斯巴登剧院外观上也是很差的，而剧团呢，由于志大才疏，庸俗保守，也丝毫没有超出到目前为止人们公认的德国各剧团的一般水平，这种水平最完美的代表是德弗里恩特先生“卓越”领导的卡尔斯鲁厄剧团。在为“封·波洛佐夫夫人阁下”订的包厢（上帝知道这个包厢是侍者怎么订到的——他实际上并没有去贿赂市长！）座位后边是个小房间，里边摆了一些小沙发。在进包厢以前，玛丽亚·尼古拉耶夫娜请萨宁把一些小屏风立起来，使包厢同剧场隔开。

“我不愿意人们看到我，”她说，“否则马上就会有人来。”

她让他也坐在她身边，背朝演出厅，使包厢看上去是空的。

乐队演奏完了《费加罗的婚礼》序曲……幕拉开：剧开始了。

这是一部土作品，这类作品很多。在这类作品里，博学而无才的作者们用考究然而死板的语言努力而拙笨地表达某种“深刻”或“人人关心”的思想，表现所谓悲剧冲突，结果使人感到非常无聊……亚洲式的无聊，就像霍乱中亚洲式的霍乱最厉害一样。玛丽亚·尼古拉耶夫娜耐着性子听完了半幕，当舞台上情人（他穿着带褶的褐色常礼服，波利斯绒衣领，带珠母扣子的条纹坎肩，裤脚有漆皮套带的绿裤子，白麂皮手套）得悉意中人变心，两拳顶到胸上，两肘弯成锐角向前伸着，简直像狗一样嚎叫时，玛丽亚·尼古拉耶夫娜忍受不住了。

“法国最偏僻的小城的最次的演员也比德国最著名的演员演得又自然又好。”她怒气冲冲地喊完，就坐到后边那个小房间里了。“到这儿来，”她用手拍着身边的沙发招呼萨宁，“咱们聊聊吧。”

萨宁顺从地过来了。

玛丽亚·尼古拉耶夫娜瞟了他一眼。

“您哪，我看，真随和！您的妻子跟您在一起会舒心的。这个小丑，”她用扇子末梢指着嚎叫的那个演员说（他演的是一个家庭教师），“使我想起了少年时代：那时我也爱上了一个教师。这是我的第一次……不，第二次恋爱。第一次我爱上的是顿河修道院的仆役。那时我十二岁。我只有星期天才能看到他。他穿一件衬在法衣里面穿的天鹅绒内长衣，洒了香水，捧着香炉穿过人群，向太太们说着：‘帕尔董，艾克斯丘泽’[1]，从来不抬眼睛，他的睫毛——瞧，这么长！”玛丽亚·尼古拉耶夫娜用大拇指的指甲指了半截小指给萨宁看。“我的教师叫 Monsieur Gaston！必须指出，他非常有学问，严肃得吓人，瑞

① 用俄语腔调讲的法语译音：对不起，请原谅。

士人，脸上表情那么刚毅！络腮胡子漆黑漆黑的。侧面看像希腊人，连嘴唇也像用铁铸出来的！我怕他。我一生中只怕过这么一个人！他是我弟弟的家庭教师，我弟弟后来死了……淹死的。有个茨冈女人也预言过我不得好死——不过，这是胡扯。我不信。您想像一下，伊波利特·西多雷奇拿刀子会是个什么样子？！”

“也可能不死于刀下啊。”萨宁说。

“都是胡扯！您迷信？我可一点儿也不。我什么也不在乎。Monsieur Gaston 住在我们家里，在我的楼上。有时我夜间醒来，听到他的脚步声——他上床很晚，——我屏息静气，由于敬佩……或者别的感情。我父亲不认得几个字，可却使我们受到了良好的教育。您知道我还懂拉丁文吗？”

“您？拉丁文？”

“真的，我懂。是 Monsieur Gaston 教的。我跟他读完了《埃涅阿斯纪》[①]。是一部枯燥的书，可有些地方很好。您记得，当狄多跟埃涅阿斯在林中……”

① 古罗马诗人维吉尔所作的史诗，内容是神话人物埃涅阿斯在特洛伊城被希腊人攻陷后在天神护卫下辗转到了意大利，娶当地公主为妻，建立王都。故事里有埃涅阿斯和迦太基女王狄多相爱的一段插曲。

“是的，是的，记得。”萨宁急忙答道。他早就把拉丁文忘光了，对《埃涅阿斯纪》也并不很清楚。

玛丽亚·尼古拉耶夫娜习惯地稍稍侧着头从下方瞟了他一眼。

“不过，您可别以为我很有学问。哎，我的上帝，不，我没有学问。什么才能也没有。勉强会写字……真的；高声朗读，我不会；弹钢琴，绘画，缝纫——一样不会！我就是这样一个人——全在这儿啦！”

她摊开了两手。

“我对您讲这些，”她继续说，“第一是为了不听这些蠢货喊叫（她指了一下舞台，这时台上男演员已下去，上来一个女演员在嚎叫，也是臂肘向前伸着），第二是因为我欠您的情：您昨天对我讲了自己的经历。”

“那是您问我嘛。”萨宁说。

玛丽亚·尼古拉耶夫娜突然朝他转过身来。

“难道您不想知道我是个什么样的女人？不过，我并不觉得奇怪，”她又靠到沙发靠垫上补充说，“一个人准备结婚，而且是出于爱情，而且是在决斗之后……他怎么会想别的什么事情呢？”

玛丽亚·尼古拉耶夫娜沉思起来，用她那虽然略大一些然而却很整齐的乳白色牙齿咬起扇柄来。

萨宁觉得他无法摆脱的胡思乱想又出现在他的头脑里，——这已经是第二天了。

他跟玛丽亚·尼古拉耶夫娜的谈话是低声进行的，几乎是用耳语，这更使他气恼和激动……

这一切什么时候能结束呢？

意志薄弱的人永远不会自己去结束——总等着一切自行结束。

台上有人打了个喷嚏；这喷嚏是剧作者作为“喜剧因素”或“效果”安排到剧中的，剧中当然不会有别的喜剧因素啰；观众也满足于这种效果，笑了。

这笑也使萨宁感到气恼。

有几分钟他自己也完全不清楚：他是在生气还是在高兴，是在感到无聊还是在感到快活？啊，要是杰玛这时看到他，那该多好啊！

“真怪，”玛丽亚·尼古拉耶夫娜蓦地开始说，“一个人会用那么平静的语调宣布：‘我准备结婚’；可谁也不会那么平静地说：‘我要往水里跳。’可这中间有什么差别呢？真怪。”

萨宁感到气恼。

“差别很大呀，玛丽亚·尼古拉耶夫娜！有的人往水里跳毫不害怕：他会游泳嘛；而且……至于结婚使人感到奇怪……既然已经谈到……”

他猛然停住，不往下说了。

玛丽亚·尼古拉耶夫娜用扇子敲了一下手掌。

“把话说完哪，德米特里·帕夫洛维奇，把话说完；我知道您想说什么。您想说：‘既然已谈到这里了，尊敬的玛丽亚·尼古拉耶夫娜·波洛佐娃夫人，再想像不出比您的婚姻更奇怪的了……我清楚地了解您的丈夫，从童年就了解！’这就是您这个会游泳的人想说的话！”

“请原谅……”萨宁刚想说话。

“难道不对吗？难道不对吗？”玛丽亚·尼古拉耶夫娜逼问道，“那您就看着我的脸说我说的不对吧！”

萨宁的眼睛不知往哪儿看才好。

“好吧，请原谅，您说的对，既然您一定要求我说。”他终于把话说出来了。

玛丽亚·尼古拉耶夫娜点着头说：

“好……好。那么，您这个会游泳的人竟不问问自己：一个既不穷……也不蠢……也不丑的女人采取这样一个……奇怪的行动原因是什么？也许您对这不感兴趣；不过这没有关系。我要告诉您原因——不是现在，等幕间休息一结束。我总担心有人会进……”

还没等玛丽亚·尼古拉耶夫娜把话说完，朝外的门果然被拉开了一半，包厢里探进一个脑袋来，红脸膛儿，满脸油汗，还年轻却已经没有牙了，贴在头上的长发，下垂的鼻子，像蝙蝠耳朵似的大耳朵，两只好奇、迟钝的小眼睛，戴着金丝眼镜，金丝眼镜上边架着夹鼻眼镜。这个脑袋环顾了一下，看到了玛丽亚·尼古拉耶夫娜，难看地咧嘴笑了笑，点点头……青筋毕露的脖子也跟着伸了进来……

玛丽亚·尼古拉耶夫娜对着那脑袋挥了挥手帕，说：

“我不会客！Ich bin nicht zu Hause，Herr P…！ Ich bin nicht zu Hause.[1]……嘘，嘘！”

那脑袋感到惊讶，干笑了一下，学着李斯特[2]的声音（他当年曾拜倒在他脚下）好像啜泣似的说了声：“Sehr gut！ Sehr

① 德语：我不是在家，P先生……！我不是在家。
② 李斯特（1811—1886），匈牙利著名作曲家。

gut！[①]”便消失了。

“这是什么人？”萨宁问道。

“他吗？威斯巴登的评论家。‘文丐’或者奴才，怎么叫都可以。他是当地包税人雇的，因此必须对什么都夸奖，对什么都欢呼，而自己却憋了一肚子窝囊气连发泄也不敢发泄。他最爱制造谣言，我担心他马上就会跑出去说我在剧院里。不过，没有关系。”

乐队奏完了圆舞曲，幕又拉开了……台上又是装腔作势，无病呻吟。

“哎，”玛丽亚·尼古拉耶夫娜又坐到沙发上开始讲起来，“您因为倒霉，必须陪我坐在这里，不能享受在未婚妻身边的乐趣……别转眼珠，别发火——我理解您的心情，已经答应过放您走，可现在要听我的自白。您想知道我最爱什么吗？”

“自由。”萨宁抢着答道。

玛丽亚·尼古拉耶夫娜把一只手放在他的手上。

“是的，德米特里·帕夫洛维奇，”她说这话的声音有些特别，好像包含一种不容置疑的真挚和郑重的意味，“自由重于

① 德语：很好！很好！

一切，先于一切。不要以为我在夸耀——这没有什么可夸耀的。不过事实就是这样，过去和现在永远是这样，直到我死。大概是我童年看奴颜婢膝看得太多了，受够了。还有，Monsieur Gaston，我的教师打开了我的眼睛。现在您也许会明白我为什么嫁给伊波利特·西多雷奇了：跟他在一起，我是自由的，完全自由的，像空气，像风……这，我结婚前就知道；我知道，跟他在一起，我将是个自由哥萨克！”

玛丽亚·尼古拉耶夫娜沉默了一会儿，把扇子扔到旁边。

“我还要告诉您一件事；我不反对思索……思索是快活的，我们要头脑就是为这个目的，可是关于我的行为的后果，我却从来不去思索；需要的时候，我不怜惜自己——丝毫不：不值得。我有一句格言：‘Cela ne tire pas à conséquence①’，——我不知道俄国话应该怎么说。也的确如此：什么会‘tire à conséquence②’？因为在这儿，在这个世界上人们不要求我负责，而在那儿（她举起了一根手指指着天空），随它爱怎么办就怎么办吧。等那儿审判我的时候，我已不是我了！您在听我讲吗？您不觉得乏味吧？”

① 法语：这不会有任何后果。

② 法语：造成后果。

萨宁低头坐在那里。他抬起了头。

“我毫不觉得乏味，玛丽亚·尼古拉耶夫娜，我在很感兴趣地听您讲呢。不过，我……说实话……我在问自己：您为什么对我讲这些？”

玛丽亚·尼古拉耶夫娜在沙发上微微动了一下。

“您在问自己……您就这么迟钝？还是这么谦逊？”

萨宁把头抬得更高了。

“我对您讲这一切，”玛丽亚·尼古拉耶夫娜用平静的语调继续说着，不过这种语调跟她脸上的神情不完全一致，“是因为我很喜欢您；是的，别奇怪，我不是开玩笑；是因为自从见到您之后，我就不愿给您留下一个不好的印象……或者说，不是不好的印象，这我不在乎，而是不正确的印象。因此，我才把您领到这里来，跟您单独在一起，这么坦率地谈谈……是的，是的，坦率地谈谈。我不说谎。也请您注意，德米特里·帕夫洛维奇，我知道您爱上了另一个女人，准备跟她结婚……您可要对我的不忮不求给予公正评价哟！不过这回该您说 Cela ne tire pas à conséquence 啦！”

她笑了起来，可是她的笑突然中止了——她愣住了，好像她自己的话把自己惊呆了，她平时总是那么快活、大胆的眼神里突然闪现出像是怯懦甚至忧伤的神色。

“蛇！啊，她是一条蛇！”萨宁这时心想，“然而是一条多么美丽的蛇啊！”

“把带柄眼镜给我，”玛丽亚·尼古拉耶夫娜突然说，“我想看看这个 jeune première[①]真是那么丑吗？果然可以认为政府选用她是有道德目的的，为的是使青年不要太着迷。”

萨宁递给她带柄眼镜，她接眼镜的时候却用双手迅速而轻柔地握了一下他的手。

“请不要装正经，”她带着笑容低声说，“您知道吗：往我身上套锁链是不行的，可我也不往别人身上套锁链。我爱自由，不承担义务——不止是对自己如此。现在请挪开一些，我们看戏吧。”

玛丽亚·尼古拉耶夫娜把带柄眼镜对准舞台，萨宁也向台上看起来，他坐在她身旁，在昏暗的包厢里情不自禁地吸着她那娇艳的身体所散发的温暖馨香的气味，脑子里也同样情不自禁地翻腾着她今晚尤其是最后几分钟所说的话。

① 法语：女角。

四十

戏又继续演了一个多小时，可是玛丽亚·尼古拉耶夫娜和萨宁很快就不往台上看了。他们又谈起来，谈话又沿着方才那条小路走下去；不过这次萨宁沉默的时候少了。他心里又生自己的气，又生玛丽亚·尼古拉耶夫娜的气。他努力向她证明她的“理论”根本站不住脚，好像她对理论感兴趣似的！他开始跟她争论，她心里对这点很高兴：既然肯争论，就意味着在让步或会让步。他肯咬食了，上钩了，不再躲闪了！她反驳着，笑着，赞同着，沉思着，进攻着……而他的脸和她的脸在靠近着，他的眼已不再躲避她的眼了……她的目光在他的脸上滑动着，转游着，他对她则报之以微笑——有礼貌地，但是微笑。他议论起抽象问题来，谈交往中的信义，谈义务，谈爱情和婚姻的神圣……这也正合她的心意。谁都知道，这些抽象问题作为开始，作为起点是非常非常合适的……

清楚了解玛丽亚·尼古拉耶夫娜的人都说，当她坚强有力的气派中突然流露出一种温柔娴雅的、几乎像处女般羞怯的神态时（虽然叫人纳闷：她这种神态是从哪儿来的呢？），那时……是啊，那时事情就要发生危险的变化了。

看来，对萨宁来说，事情也发生了这样的变化……要是他哪怕能有一瞬间凝神思索一下的话，他也会鄙视自己；可是他既没有来得及凝神思索，也没有来得及鄙视自己。

而她却不肯放过时机。这一切之所以发生，都是因为他长得很不错！令人不由得想说：“怎能知道在哪儿会找到什么，在哪儿会失去什么呢？”

戏演完了。玛丽亚·尼古拉耶夫娜请萨宁给她披上披肩。在他用柔软的织物裹她那真正俏丽的肩膀时，她一动没动。然后她挽着他的胳膊离开包厢；一出包厢门，她几乎要惊叫起来：登霍夫像幽灵似的站在包厢门口，他背后是威斯巴登评论家一副贱相在探头探脑地张望。“文丐”油乎乎的脸上闪着幸灾乐祸的神色。

“夫人，不吩咐我给您找马车吗？”年轻的军官强压胸中怒火用哆哆嗦嗦的声音问玛丽亚·尼古拉耶夫娜。

“不用啦，谢谢，”她答道，“我的仆人会找的。请自便吧！”她用命令的口吻低声说完就挽着萨宁迅速走开了。

“见鬼去！你总跟着我干什么？”登霍夫突然对着文学家喊了一声。他需要找个人出气呀！

“Sehr gut！ Sehr gut！”文学家咕哝了一句就溜走了。

玛丽亚·尼古拉耶夫娜的仆人一直在穿堂儿里等着，转眼间就把马车找到了。玛丽亚·尼古拉耶夫娜敏捷地上了车，萨宁也随后跳了上去。车门砰的一声关上之后，玛丽亚·尼古拉耶夫娜放声大笑起来。

“您笑什么？”萨宁好奇地问道。

“啊哟，请原谅……我突然想到：要是登霍夫又跟您决斗……为了我……这不是一件绝妙奇闻吗？”

“您跟他关系很近吗？”萨宁问道。

“跟他？跟这个小孩子？他不过替我跑跑腿儿罢了。您别担心！”

“我根本没有什么担心的。”

玛丽亚·尼古拉耶夫娜叹了口气。

“唉，我知道您并不担心。不过，请听着——您知道吗：您那么可爱，您不应该拒绝我最后一个请求。别忘啦：三天后，我去巴黎，您回法兰克福……咱们何时再能相会呢！”

“您的请求是什么？”

“您当然会骑马啰？”

“会呀。”

“是这样。明天早晨我带您——咱们一块儿骑马到郊外去。我们会有极好的马骑。然后我们回来把业务一了结——就‘阿门①！’

① 基督教祈祷的结束语。

别惊奇，别对我说这是任性，别说我是疯子——也许这些话都是对的，——不过我只要您说一句：我同意！”

玛丽亚·尼古拉耶夫娜把脸转过来对着他。马车里是昏暗的，可是她的眼睛却在这一片昏暗中闪着亮光。

“好吧，我同意。”萨宁叹了一口气，说。

“哎呀！您叹了口气！”玛丽亚·尼古拉耶夫娜学他叹气的样子，“这就是俗话说的：既然开了头，就别说没劲头。不过，不，不……您很可爱，您是好人——我一定履行诺言。这是我的手，没戴手套，右手，是办事情的手。握它吧——相信握它的含意吧。我是个什么样的女人，我不知道；可我是个诚实人——跟我打交道是可以的。”

萨宁自己也不知道在干什么，竟把这只手托到自己的唇边。玛丽亚·尼古拉耶夫娜轻轻把手抽了回来，——突然沉默起来，直到马车停下来，一直沉默着。

她要下车了……这是怎么回事？是他想像还是他真的感觉到自己的腮上好像被什么东西迅速而灼热地触了一下。

“明天见！”玛丽亚·尼古拉耶夫娜在楼梯上低声对他说。穿着镶金边制服的守门人一看到她就拿起一个点着四根蜡烛的枝形烛架为她照明，把她照得全身通亮。她眼睛低垂着。“明天见！”

回到自己的房间里，萨宁在桌上看到了杰玛来的一封信。他有一瞬间……吓了一跳——立即强作笑颜，以便在自己面前掩饰自己的惊慌心情。这封信只有几行。她为“事情开始”的顺利感到高兴，劝他要耐心，并说家里人身体都好，都为他即将回来感到高兴。萨宁觉得这封信干巴巴的——可是却拿起了笔、纸……又把笔、纸抛开了。“写什么呢？！明天自己就回去啦……该回去啦，该回去啦！”

他立即躺到床上，竭力想尽快睡着。要是站着、没有睡意的话，他准会开始想杰玛，可他不知为什么……羞于想到她。他的良心感到不安起来。可是他安慰自己说明天一切都将永远结束，他将永远离开这位任性的夫人，将永远忘记这场胡闹！……

意志薄弱的人，自己跟自己谈话的时候总是愿意使用果断的字眼。

Et puis…cela ne tire pas à conséquence！①

① 法语：再说……这不会有任何后果！

四十一

上边就是萨宁临睡前的想法，不过第二天，当玛丽亚·尼古拉耶夫娜急不可耐地用珊瑚鞭柄敲他房门的时候，当他看到她站在自己的房门口——手里提着深蓝色女式骑马服的长后襟，编成粗辫的鬈发上戴着一顶男式小帽，一只肩膀上搭着面纱，嘴唇、眼睛、满脸都带着挑逗的微笑的时候，——在这个时候，他心里想什么，却无人知晓。

“怎么样？准备好了吗？”她用快活的声音问道。

萨宁扣好常礼服纽扣，默默地拿起了帽子。玛丽亚·尼古拉耶夫娜向他投了一个愉快的目光，点了一下头，便迅速地朝楼下跑去。他也随后跑起来。

马已牵到了街门口的台阶前边，一共三匹：一匹是金棕色纯种母马，嘴脸干瘦，龇牙露齿，两只黑眼鼓着，腿像鹿腿一般细长，身躯有些干瘦，然而漂亮，性子火暴，——这是给玛丽亚·尼古拉耶夫娜骑的；另一匹是公马，强壮，肥大，有些笨重，全身乌黑，没有杂色，——这是给萨宁骑的。第三匹马是给跟班马夫骑的。玛丽亚·尼古拉耶夫娜敏捷地跨上了自己的母马……那母马翘着尾巴，夹着屁股，蹬着蹄子，急着要跑起来，可玛丽亚·尼古拉耶夫娜却真是个出色的骑手！她把马控制在原地：需要跟波洛佐夫告别嘛。波洛佐夫仍然戴着那顶圆锥形小帽，披着便袍，站在阳台上挥动着细麻纱手帕，不过脸上非但毫无笑容，倒有些不愉快的神色。萨宁也上了马。玛丽亚·尼古拉耶夫娜举起鞭子向波洛佐夫先生致意，然后在自己那匹马拱起的扁平脖颈上抽了一下；那匹马便腾起前蹄向前跳了一下，接着便迈着碎步走起来，全身的肌肉颤动着，嘴被嚼子勒着，不断地翕动着，不时打着响鼻。萨宁骑马走在后面，端详着玛丽亚·尼古拉耶夫娜。她那纤细柔韧的腰肢被紧身衣舒适合体地束着，在马上自信、灵活而协调地摆动着。她回过头来用眼神召唤他。他赶上去跟她并排走起来。

“瞧，多好，”她说，“我在分手前最后一次跟您说：您真可爱——您也不会后悔的。”

说完后边这句话，她把头点了几下，好像要加重这句话的分量，并使萨宁感觉到这句话的意义。

她高兴得简直使萨宁觉得奇怪；她脸上甚至出现了一种只有小孩子感到非常……非常满意时才会有的那种故作庄重的神气。

他们缓缓地策马到了不远的城关，然后就让马在大路上迈着大步跑起来。天气极好，真是夏天的天气。熏风扑面，在他们耳边发出愉快的呼啸声。他们都感到惬意：意识到年轻健壮的身体和自由飞速的前进，他们俩都感到心花怒放；这种兴奋的感觉不断增长。

玛丽亚·尼古拉耶夫娜勒住马，又缓缓地走起来；萨宁学着她的样子。

“为了这个，”她幸福地长长地舒了一口气，开始说，“只有为了这个才值得生活呀。你想做而觉得不可能成功的事做成功了，那你就尽情地享受吧，亲爱的！”她用一只手在喉咙上横着划了一下，表示尽情的程度。“那时人会觉得自己多么善良啊！瞧我现在……多么善良！我觉得想要拥抱全世界。不，不是全世界！这个人我就不想拥抱。”她用鞭子指了一下在旁边路过的破衣褴衫的老人。“可是我愿意使他幸福。给，拿去吧！”她用德语大声喊了一句，便把一个钱袋向他脚下扔去。沉甸甸的钱袋（当时还根本没有钱夹）噗的一声落到路上。那个行人吃了一惊，停了下来，玛丽亚·尼古拉耶夫娜哈哈大笑起来，又策马向前驰去。

“骑马使您感到这么高兴？”萨宁赶上她问道。

玛丽亚·尼古拉耶夫娜又一下子勒住了马：她总是用这种办法使马停下来。

“我不过想避开人家的感谢罢了。谁要感谢我，就会扫我的兴。因为我这样做不是为了他，而是为了自己。怎能容他来感谢我呢？我方才没听清您问我什么。”

“我方才问……我想知道您今天为什么这么高兴？”

“您知道吗，”玛丽亚·尼古拉耶夫娜说，她要么是又没有听清萨宁的问话，要么是认为他的问题不需要回答，“这个跟班马夫使我讨厌死了，他跟在我们后面准是一心琢磨着：主人们什么时候回去呢？怎么能摆脱他呢？”她麻利地从衣袋里掏出记事本来。“派他回市内去送封信？不……不合适。啊！有办法啦！前边是什么？小酒馆吧？”

萨宁朝她指的方向看了一眼。

“是的，好像是小酒馆。”

“好极啦。我吩咐他留在这个小酒馆里喝啤酒等我们回来。”

“可他会怎么想呢？”

“这跟我们有什么关系！况且他什么也不会想，只会一心喝啤酒。喂，萨宁（她第一次只称呼他姓），打马向前跑！”

马跑到小酒馆跟前，玛丽亚·尼古拉耶夫娜把跟班马夫叫到跟前把她对他的要求告诉了他。跟班马夫是英国人，具有英国人的气质，他默默地把手抬到帽舌旁边，行了个举手礼，便跳下马来，抓住了马的辔头。

“好啦，我们现在是自由鸟儿啦！”玛丽亚·尼古拉耶夫娜喊道，“往哪儿骑——往北，往南，往东，往西？瞧，我像举行加冕典礼的匈牙利国王（她用鞭梢向东西南北四方指了一下）[①]。一切都是我们的！不，您知道吗：瞧那边的山多好看，还有那树林子！往那儿去吧，进山，进山！”

In die Berge，wo die Freiheit thront！[②]

她拐下大路，沿着一条很少走人的狭窄小道跑起马来，这条小道真像是通到山里去的。萨宁骑马跟在后边。

---

① 匈牙利国王举行登极大典时骑马到多瑙河边的山巅，拔出剑来向东西南北四方各挥一下，表示决心保卫匈牙利不受任何敌人侵犯。

② 德语：进山去，那儿是自由的天地！

四十二

这条小道很快就变成了羊肠小径，终于被一道壕沟截断，完全消失了。萨宁建议回去，可玛丽亚·尼古拉耶夫娜说："不！我要进山！让我们骑马像飞鸟那样照直飞吧。"说完就策马跳过了壕沟。萨宁的马也跳了过去。壕沟那边是牧场，地上起初干爽，后来潮湿，最后就完全是一片沼泽地了：到处都往外渗水，小水洼星罗棋布。玛丽亚·尼古拉耶夫娜故意让马走水洼，嘻嘻哈哈地笑着，不断嚷着："让我们像小学生那样淘气吧！"

"您知道吗，"她问萨宁，"溅着水花打猎[①]是怎么回事？"

"知道。"萨宁答道。

"我叔叔是带着猎狗打猎的，"她继续说，"我春天常跟他去。妙极啦！咱俩现在也在溅着水花呢。不过我看，您是一个俄国人，却要跟一个意大利姑娘结婚。是啊，这是您自找的麻烦。怎么回事？又是壕沟？跳！"

马跳过去了，但她头上的帽子却掉了，辫子散了，鬈发披到肩膀上。萨宁想下马去捡帽子，她喊了声"别动，我自己来"，便从马鞍上低低地弯下身去，用鞭柄挑住帽上的面纱，果然把帽子挑了起来戴到头上，没有梳理头发，又向前驰去，甚至还

① 狩猎术语，指早春时节在冰雪融化的天气里打猎。

尖叫了一声。萨宁跟她并排奔驰着，并排跳过沟渠、障碍、小溪，并排下坡上岗，并排跑到山下，跑进山里，不断盯着她的脸。这是一张什么样的脸啊！整个脸好像都在舒展着：眼睛睁大着，闪着贪婪、快乐、野性的光芒；嘴唇、鼻孔大张着，在尽情地呼吸着；她直视着前方，好像要把她看到的一切——大地、天空、太阳乃至空气都控制在自己手里，她只有一个遗憾：危险太少了，有多少危险她都会克服！“萨宁！”她喊道，“这真像毕格尔的《莱诺勒》①里写的情形呀！不过您不是死人吧？嗯？不是死人吧？……我是活人！”勇敢的力量在沸腾。这已经不是一个女骑手在骑马飞驰，而是神话里讲的那个半人半马、半兽半神的年轻女怪在驱马狂奔，受到她的狂暴蹂躏的凝重、文雅的大地感到惊骇万分！

玛丽亚·尼古拉耶夫娜终于让她那匹满身大汗、溅满泥水的马停了下来。那马已累得摇摇晃晃地要倒下，萨宁骑的那匹强壮而笨重的公马已经要喘不上气来了。

“怎么样？喜欢吗？”玛丽亚·尼古拉耶夫娜用一种美妙

① 毕格尔（1747—1794），德国诗人。《莱诺勒》（1773）是一首叙事谣曲，写的是一个叫莱诺勒的少女控诉“七年战争”夺去了她的未婚夫。死去的未婚夫出现在莱诺勒面前，把她拉到马上，带进了坟墓。

动人的声音低声问道。

“喜欢！”萨宁兴高采烈地答道。他身上的血也沸腾起来了。

“歇一会儿，还有更好的呢！”她伸出一只手来指着。手上的手套撕破了。

“我说过要领您去森林，去山里……瞧，那就是山！”果然离这两个剽悍的骑手二百来步远的地方呈现出一些山峦来，上边长满了高大的树木。“瞧,还有路呢。整顿一下,咱们就前进。不过要慢走。得让马休息一会儿啦。”

他们继续走着。玛丽亚·尼古拉耶夫娜用一只手使劲把头发甩到了后边。她随后看了一下自己的手套，把手套摘掉了。

“手会有皮子味儿了，”她说，“您不在乎吧？嗯？”

玛丽亚·尼古拉耶夫娜微笑着，萨宁也微笑着。这次骑马狂奔好像使他俩彻底接近和友好起来了。

“您多大啦？”她突然问道。

“二十二。”

“不可能吧？我也二十二。多好的年龄啊。两人年龄加到一起，离老还很远呢。太热啦。我的脸红了吧？”

“跟罂粟花的颜色一样！”

玛丽亚·尼古拉耶夫娜用手帕擦了一下脸。

“到树林里就好啦，那儿会凉爽的。这座老林子像老朋友一样。您有朋友吗？”

萨宁想了想说：

“有……不过很少。真正的没有。”

“我有，真正的——不过不是老的。这匹马也是一个朋友。它多么经心地驮你啊！啊，这儿太好啦！难道我后天真要去巴黎吗？”

“是的……难道不想去啦？”萨宁接过话茬儿问道。

“您回法兰克福吗？”

“一定回去。”

“好吧——听便！不过今天是咱们的……咱们的……咱们的！”

马走到林边，进了树林。林荫从四面八方宽舒而轻柔地罩住了他们。

“啊，这儿真是天堂！”玛丽亚·尼古拉耶夫娜喊道，“继续走，朝树荫深处，萨宁！”

马静静地“朝树荫深处”走去，轻轻地颠簸着，打着响鼻。他们走的这条小路，突然折向旁边，拐进一个相当狭窄的山谷。

山谷里帚石南、蕨类植物、松脂和陈年烂树叶子发出浓烈的气味，催人欲睡。从褐色大岩石的缝隙里散发着沁人心脾的清爽气息。路两旁耸立着一个个长满绿苔的圆形小丘。

“停下！”玛丽亚·尼古拉耶夫娜喊道，“我想在这块天鹅绒上坐一坐，休息一会儿。请扶我下来。”

萨宁从马上跳下来，跑到她旁边。她扶着他的两肩，转眼就跳到地上，坐到一个长满绿苔的小丘上。他站在她面前，握着两匹马的缰绳。

她抬起眼来看他……

“萨宁，您有忘记事情的本领吗？”

萨宁想起昨天……在马车里。

“这是怎么回事——是问题……还是责备？”

“我生来没有在任何事情上责备过任何人。您相信迷魂术吗？”

“什么？”

“迷魂术，——您知道，咱们的歌谣里唱的。俄国老百姓歌谣里讲的那种，您相信吗？”

“啊！您说的原来是这个……”萨宁拖长声调说。

“是的，是这个。我相信……您也会相信的。”

“迷魂术……魔法……”萨宁重复了一句，“天地之大，无奇不有。以前我不相信，现在相信。我自己都认不出自己了。”

玛丽亚·尼古拉耶夫娜想了想，朝四外看了看。

“我觉得这个地方我好像熟悉。萨宁，去瞧瞧，那棵大橡树后边是不是立着个红色的木头十字架？”

萨宁往旁边迈了几步。

“立着一个。”

玛丽亚·尼古拉耶夫娜笑了笑。

“啊，好啦！我知道咱们在哪儿啦。暂时还没有迷路。这是什么声音？砍柴的？”

萨宁朝密林深处看了看。

“是的……那儿有个人在砍干树枝。”

“得把头发梳拢一下啦，”玛丽亚·尼古拉耶夫娜说，“要不，他看到会说闲话的。”她把帽子摘下来，开始默默地庄重地编起长辫来。萨宁站在她面前……她那匀称的肢体在发暗的衣褶下面清楚地显现出来，她的衣服上有几处沾上了苔藓的细丝。

萨宁身后有一匹马突然抖动了一下身子，萨宁自己也不由自主地浑身哆嗦了一下。他这时已神魂颠倒——神经绷得像琴弦一样。不怪他说自己认不出自己来……他真的中了魔法。他的全部心身充满了一个……一个念头，一个愿望。玛丽亚·尼古拉耶夫娜向他投来洞察一切的目光。

“现在一切都弄好了，”她戴上帽子说，“您不坐下吗？坐这儿！不，等等……先别坐！这是怎么回事？”

树梢上、树林的上空滚过了一阵沉闷的隆隆声。

“难道是打雷啦？”

“好像是打雷。”萨宁答道。

“啊，这太好啦！好极啦！只缺这个啦！”沉闷的隆隆声又响了一下，然后隆隆地滚向远方。“好！再来一个！记得我昨天跟您讲过《埃涅阿斯纪》吗？他们也是在树林里遇到了雷雨。不过得走啦。”她迅速地站起来。“把我的马牵过来……伸给我一只手。就这样。我不重。”

她像小鸟一般轻盈地飞到了马鞍上。萨宁也上了马。

“您——要回家？”他用走调的声音问道。

“回家！！”她一顿一挫地答完，抓起了缰绳。“跟我来。”她几乎粗暴地命令道。

她上了路，从红色的十字架旁边过去，下到山谷里，走到十字路口，向右拐，又朝山里驰去……她显然知道这条路是通到什么地方去的，这条路一直往树林深处延伸。她什么也不说，也不回头；她下命令般地向前骑着，他听话地顺从地跟在后边，心荡神迷，连一星意志也没有了。开始掉雨点儿了。她加快了马前进的速度——他也没被她落下。终于透过浓绿的枞树丛，在一个灰色悬崖下面出现了一个简陋的岗棚，树条编的墙，低矮的门……玛丽亚·尼古拉耶夫娜让马穿过枞树丛，然后跳下马来，猛然走到岗棚门口，转身对萨宁低声说："埃涅阿斯[1]！"

过了四个小时，玛丽亚·尼古拉耶夫娜和萨宁在昏昏欲睡的跟班马夫陪同下回到了威斯巴登的旅馆。波洛佐夫先生手里拿着给总管的信出来迎接妻子。不过他比较细心地打量完了她以后，脸上却流露出了某些不满的神色，甚至嘟哝了一句：

"难道打赌我输啦？"

玛丽亚·尼古拉耶夫娜只是耸了耸肩膀。

当天，过了两个小时以后，萨宁在自己房间里站在她面前，失魂落魄，像死人一般……

"你上哪儿去，"她问他，"上巴黎还是去法兰克福？"

① 第三十九章中提到的《埃涅阿斯纪》的主人公。此处玛丽亚·尼古拉耶夫娜自比狄多。

“你上哪儿，我上哪儿，跟你在一起，直到你撵我走。”他绝望地答完，便跪倒在自己女主宰者的面前，头靠在她的双手上。她抽出双手来,放到他的头上,用十根手指抓起了他的头发，慢慢地拨弄着，捻动着这些驯服的头发，她挺直了身子，嘴角上掠过了一丝胜利的微笑，而亮得发白的大眼睛里只有一种神色，那就是残忍无情和胜利的满足。老鹰用爪撕碎被捉住的小鸟时眼神就是这样的。

四十三

上面就是萨宁在寂静的办公室里清理旧信件时发现了小石榴石十字架以后所回忆起来的一切。我们讲的这些事都清晰地依次出现在他眼前……可是想到他那么卑贱地哀求波洛佐娃夫人、拜倒在她的脚下、开始奴才生涯时，他就避开了他唤起的那些形象，他不想再回忆了。不是记不住了，噢！不是！他知道，清清楚楚地知道那一分钟以后所发生的一切，可是羞愧使他感到窒息——甚至现在，事过多年以后；他害怕体验到那种无法抑制的对自己的鄙弃感，他不怀疑，他只要不命令自己的回忆沉默，这种鄙弃感一定会像波涛一样向他涌来，把所有其他感觉都淹没。不过无论如何摆脱已经出现的回忆，他也没能把这些回忆完全压下去。他想起了他给杰玛寄去的那封卑劣的、哭哭啼啼的、虚情假意的、可怜的信，这封信没有得到回信……回去见她，回到她身边——在这种欺骗、这种背叛之后——不行！不行！他心里还残留着那么一点儿良心和诚实。况且他对自己已失去了任何信心、任何尊重：他已对任何事情都无力保证了。他也想起，他后来——啊，可耻！——派波洛佐夫的仆人到法兰克福去取自己的东西，那时他心虚胆怯，一心只想着：快去巴黎，快去巴黎；想起他遵照玛丽亚·尼古拉耶夫娜的吩咐去巴结波洛佐夫以取得他的好感，去跟登霍夫和睦相处——

他看到登霍夫手指上也戴着一个铁戒指，跟玛丽亚·尼古拉耶夫娜给他的那个完全一样！！！后来的回忆就更坏、更可耻了……侍者给他送来一张名片——上边印着潘塔莱奥内·契帕托拉，摩德纳大公殿下的宫廷歌唱家！他躲着不见这个老人，可是没能躲过在走廊上跟他相遇——他眼前出现了在蓬乱的白发下的那张愤怒的脸；老人的两眼闪着火一般的光芒，他听到了威严的诅咒："Maledi-zione[①]！"甚至也听到了可怕的责骂："Codardo！ Infame tra-ditore[②]！"萨宁眯缝起眼睛来，摇动着头，一再要摆脱回忆——可是他仍然看到自己坐在旅行马车狭窄的前座……舒适的后座上坐着玛丽亚·尼古拉耶夫娜和伊波利特·西多雷奇。四匹马拉着车步调一致地跑在威斯巴登的石铺马路上——去巴黎啦！去巴黎啦！伊波利特·西多雷奇吃着他萨宁给削净的梨，玛丽亚·尼古拉耶夫娜看着他，对他这个被变成奴才的人笑着，那笑容他是熟悉的——那是主人，统治者的笑……

可是，我的上帝呀！瞧，在那儿，在街角，在离城关不远的地方，不又是潘塔莱奥内站在那里吗——跟他一起的是谁？

① 意大利语：该死的东西！
② 意大利语：懦夫！卑鄙的叛徒！

难道是埃米利？对，是他，那个热情、忠实的孩子！曾几何时，他那颗少年的心还在自己的英雄、理想人物面前充满景仰之情，可现在他那苍白的美丽的（那么美，以致使得玛丽亚·尼古拉耶夫娜看到后把头伸到车窗外边）、高尚的脸却燃烧着愤怒和鄙视；两只眼（多么像那两只呀！）瞪着萨宁，嘴唇紧闭着……突然张开来，因为气恼……

潘塔莱奥内伸出一只手来指着萨宁——指给谁看呢？指给站在旁边的塔尔塔利亚，塔尔塔利亚便朝着萨宁叫起来——在这条诚实的狗的叫声里有一种令人难以忍受的侮辱……太难堪了！

后来——是在巴黎的生活，他像一个奴才，既不许嫉妒，又不容抱怨，受尽了屈辱，受尽了卑贱的折磨，终于被扔了出来，像一件穿旧了的衣服……

最后——回到了祖国，乌烟瘴气的空虚的生活，琐屑的忙碌，无谓的操劳，痛苦而无济于事的悔恨以及同样无济于事而痛苦的忘却——这些惩罚是不明显的，然而却是每时每刻都在进行的，像无关紧要然而却无法治愈的病痛，像一分钱一分钱地偿还一笔无法计算的债……

痛苦已无法忍受——不能再忍受下去了！

杰玛给萨宁的小十字架是怎么保存下来的，为什么他没还给杰玛，为什么在这天以前一直没有看到它？他久久地坐在那里思索着，他虽已饱经沧桑，而且已事过多年，他仍然无法理解，他怎么会抛弃他那么温柔热烈地爱着的杰玛，而去追随一个他根本不爱的女人？……第二天他对自己的所有朋友和熟人宣布要到国外去。

人们议论纷纷，莫名其妙。萨宁为什么要在隆冬季节离开彼得堡，他刚租了一套漂亮的寓所，购置了家具，甚至还预订了几场意大利歌剧的戏票，有帕蒂女士[①]亲自参加演出，——帕蒂女士亲自，亲自参加演出啊！朋友们和熟人都感到困惑不解；不过人们一般是不能长久关心他人的事情的。萨宁动身出国的时候，到火车站来送行的只有一个法国裁缝，他是指望萨宁能把欠的手工钱付给他——“pour un saute-en-barque en velours noir，tout à fait chic.[②]”

---

① 阿代利纳·帕蒂（1843—1919），著名意大利歌剧演员（花腔女高音），一八六一年起在包括俄国在内的许多国家巡回演出，轰动一时。一八七〇至一八七一年冬在彼得堡演出。

② 法语：一件最时髦的黑天鹅绒海军式短上衣的工钱。

四十四

萨宁告诉朋友们要到国外去，却没有说具体到什么地方去：读者却容易猜到他直接到了法兰克福。由于铁路四通八达，他离开彼得堡第四天就到达了目的地。从一八四〇年以后，他就没有来过这里。白天鹅旅馆仍在原来的地方，而且生意兴隆，虽然已算不上第一流的旅馆了；法兰克福的主要街道——蔡尔大街变化不大，不过莱诺雷太太的房子以及她那家糖果店所在的那条街却踪影全无了。萨宁在当年曾那么熟悉的地方走着，像变傻了似的，什么也认不出来了：以前的建筑消失了，代替它们的是一些新的街道，街道两旁是鳞次栉比的高大的房屋、漂亮的别墅，甚至他跟杰玛定情的那座公共花园也发展扩大，面目全非了，以致萨宁不禁问自己：不对吧，这是那个花园吗？他怎么办呢？到哪儿去打听呢？时间已经过了三十年……谈何容易！不管他问谁，人们连罗泽利这个名字都没听说过；旅馆主人建议他到公共图书馆去查查，他说那儿能找到各种旧报，可是这样做能有什么用，旅馆主人自己也讲不清。萨宁绝望之余就打听起克吕贝尔先生来。克吕贝尔先生这个名字，旅馆主人倒很熟悉，可是立即发现这也无济于事。原来这个仪表堂堂的经理曾经显赫一时，发展成一个资本家，接着便做买卖蚀了本，破了产，后来死在监狱里……不过这个消息并未使萨宁感到丝毫悲伤。他开始认为自己这次旅行有些考虑不周……不过有一次他翻阅法兰克福居民住址录，偶然看到了退伍少校（Major a.D.）封·登霍夫的名字。他立即雇了马车前去拜访——虽然这个登霍夫未必肯定就是那个登霍夫，而且即使是那个登霍夫，也未必就能告诉他一些关于莱诺雷太太一家的情况。可是没有关系，要淹死的人是见一根稻草也要抓的。

萨宁去的时候，退伍少校封·登霍夫恰好在家，他立即认出这位接待他的白发苍苍的先生正是他当年决斗的对手。登霍夫也认出他来，甚至还为他的出现感到高兴呢：这使登霍夫想起了自己的青年时代——和青年时代的恶作剧。萨宁从他那里打听到莱诺雷太太一家早就移居到美国纽约去了；杰玛嫁给了一个经营国际贸易的大批发商。不过登霍夫说他有一个熟人也是经营国际贸易的大批发商，他大概知道杰玛丈夫的通信地址，因为他跟美国有很多业务往来。萨宁请登霍夫去找找这个熟人，啊，大喜事！——登霍夫给他带回了杰玛丈夫斯洛克姆先生的通信地址——Mr. J . Slocum，New York，Broadway，No. 501[1]。不过这个地址是一八六三年的。

① 英语：斯洛克姆先生，纽约百老汇 501 号。

"但愿我们法兰克福从前的美人儿还活着，没有离开纽约！"登霍夫喊道。"顺便问问，"他压低声音接着问道，"那位俄国夫人，您记得吧，她当时曾在威斯巴登住过，波……波佐洛夫[①]夫人，她还活着吗？"

"不，"萨宁答道，"她早就死了。"

登霍夫抬起了眼睛，可是看到萨宁不高兴地转过脸去，就一句话没说走了。

萨宁当天就往纽约给杰玛·斯洛克姆太太去了一封信。在信里，他告诉她是从法兰克福给她写这封信的，说他到这里来的惟一目的就是寻找她的踪迹；说他很清楚地知道自己毫无权利得到她的回音，说他根本不配得到她的宽恕，他只希望她在目前所处的幸福环境之中早已忘记了他的存在。他还说，他下决心来提醒她想起自己来是因为一个偶然情况使他十分生动地记起了往事；他向她讲了自己所过的没有家室、没有乐趣的孤独生活；恳求她理解促使他写信给她的原因，不要让他把对自己过错的内疚带到坟墓里去——他虽然为这

① 正确的应是波洛佐夫，这里是登霍夫记错了。

个过错早已受尽了折磨，却并未得到宽恕，——盼望给他回一封哪怕是极短的信，讲讲她移居到这个新大陆后生活怎样，以使他略感欣慰。萨宁在信的结尾说：“哪怕是给我只写一个字呢，您也是做了一件可以跟您的美好心灵相媲美的好事，直到最后一息，我都将感谢您。我在此地白天鹅旅馆（他在旅馆名字下面加了着重号）下榻，等着您的回信，等到来年春天。”

他把信发出以后就开始等回信。他在旅馆里整整住了六个星期，几乎足不出户，坚决不见任何人。不管从俄国还是从其他任何地方，谁也无法给他寄信来。这正合他的心意。只要有信，他就知道是他正在等待的那封。他从早到晚读书，而且读的不是杂志，而是严肃的书，历史著作。这种长时间的读书，这种沉默，这种蜗牛式的隐居生活——所有这一切恰恰都符合他的精神需要：仅仅为了这一点也要谢谢杰玛！可是她还活在世上吗？她会回信吗？

信终于来了——贴着美国邮票，从纽约寄来的，写着他的名字。寄信人的地址是英文……笔迹不认识，他心中不禁为之一震。他犹豫再三，才下定决心拆开信封。他一看信的落款是：杰玛！眼泪便夺眶而出。落款只署名不署姓这一个事实对他来说就已经是和解、宽恕的保证了！他展开那张薄薄的蓝色信纸，里面掉出了一张照片。他急忙把照片捡起来，一看就惊呆了：杰玛，活杰玛，年轻的姑娘，正是他三十年前看到她的那个模样！也是那样的眼睛，那样的嘴唇，那样的脸型。照片背面写着："我的女儿玛丽安娜"。全信的语气很亲切很质朴。杰玛感谢萨宁不犹豫地给她去信，感谢对她的信任；她也没有对他隐瞒：他逃走之后，她的确痛苦了一些时候；不过她立即补充说，她仍然认为——而且从来都认为——遇到他是幸运，因为这次相遇阻止了她成为克吕贝尔先生的妻子；这样，这次相遇虽然是间接地，却毕竟成了她同现在丈夫结婚的原因，她跟现在的丈夫已十分幸福地生活了二十八年，生活美满，优裕：他们的商号在全纽约都是有名的。杰玛告诉萨宁她有五个孩子——四个儿子和一个十八岁的女儿，女儿已订婚，把她的照片寄给他——是因为普遍认为她极像妈妈。不幸的消息，杰玛放到信的末尾。莱诺雷太太跟着女儿女婿来到纽约，在纽约逝世，不过她已为孩子们的幸福生活高兴过，抱过外孙了；潘塔莱奥内本来也准备到美国来，可是在临离开法兰克福的时候去世了。"埃米利呢，我们亲爱的、无与伦比的埃米利为争取祖国的自由，在西西里光荣牺牲了，他是参加了伟大的加里波第统帅的‘千人义勇军’[1]进军到那里的；我们大家都为我们这个无限宝贵的弟弟的牺牲而痛哭过，可是，我们在落泪的时候为他感到自豪，而且要永远为他感到自豪，永远虔诚地纪念他！他那崇高的、无私的心灵是配得上殉难者的桂冠的！”最后杰玛对萨宁的生活状况显然不佳表示惋惜，希望他首先要安宁和心情平静，说见到他会高兴的——虽然她意识到见面的可能性是很少的……

我们不想描写萨宁读这封信时的感受了。这种感受是没有令人满意的表达法的：它比任何语言都更为深刻更为有力——也比任何语言都更不明确。也许只有音乐才能把它表达出来。

萨宁立即写了回信——而且把那个小石榴石十字架镶到一个华贵的珍珠项链里作为礼物送给杰玛待嫁的女儿，上边刻着“一个无名朋友赠给玛丽安娜·斯洛克姆”。礼物虽然很贵重，却也并没有使他倾家荡产：从第一次到法兰克福以来，三十年中间，他积攒了一大笔财产。五月初他回到彼得堡——不过未必能在那儿住很久。听说他要把全部财产卖掉，准备到美国去呢。

① 加里波第（1807—1882），意大利民族解放运动领袖，一八六〇年曾组织千人义勇军（红衫军）从热那亚出发，在西西里马尔萨拉登陆，与当地起义农民会合，解放了西西里与那不勒斯。